Castigo de Dios

César García Muñoz

Primera edición,
Febrero 2011

Edición y corrección: Nieves García Bautista

A mis padres.

Capítulo 1

Peter abrió los ojos y se enfrentó a la oscuridad con una inquietante sensación de peligro. La cabeza le retumbaba y una gota caliente y espesa se deslizó por su frente hasta rozarle los labios. Se trataba de su propia sangre, que manaba de una herida abierta en la frente.

—¿Dónde estoy? —dijo en voz baja, solo para comprobar que aún podía hablar.

Peter se incorporó mareado y sus ojos se fueron adaptando a la oscuridad. Le dolían los antebrazos y al frotárselos descubrió asombrado cinco cicatrices alargadas que surcaban cada muñeca de lado a lado. Parecían muy recientes aunque no recordaba cómo se las había hecho. Toda su ropa, desde la camisa negra hasta los zapatos, estaba empapada.

Peter miró a su alrededor. Se encontraba tendido en la cama de una habitación desconocida aunque vagamente familiar. No sabía qué hacía allí ni se acordaba de cómo había llegado. La estancia era austera y el mobiliario anticuado, a excepción de una televisión de plasma y un reproductor de DVD, que parecían fuera de lugar en aquel ambiente decadente. En general, el lugar tenía el aspecto de una habitación de motel barato de carretera. La puerta a su izquierda permanecía entreabierta y permitía ver un baño vestido con baldosas gastadas. Al otro lado estaba la puerta principal, la que probablemente daría al pasillo y, en alguna parte, a la salida.

Peter se incorporó haciendo un esfuerzo y se dirigió hacia allí. Se sentía débil y la sensación de peligro no le había abandonado. Quería salir de aquella habitación cuanto antes.

Intentó abrir la puerta pero estaba cerrada con llave. Entonces, pegó el oído a la madera pero no logró escuchar nada. Estaba a punto de aporrear la puerta cuando algo llamó su atención en una esquina de la habitación, junto al techo. Había una cámara de vídeo que enfocaba hacia la cama y al cuarto de baño. Estaba apagada.

Peter se acercó al reproductor con un presentimiento inquietante. En su interior había un DVD sin ninguna etiqueta. Casi sin controlar sus movimientos, cogió el mando y pulsó el botón de reproducción. Al instante, el televisor mostró la imagen de la habitación en la que se encontraba encerrado. Un hombre alto y de pelo oscuro paseaba nervioso, de espaldas a la cámara.

Al reconocerle, se le hizo un nudo en el estómago. Aquel hombre era el propio Peter. Llevaba un traje negro de sacerdote, rematado por un alzacuello blanco, el mismo que vestía empapado en aquel instante. En realidad, eso no era algo anormal, ya que Peter Jessy Sifo era sacerdote y profesor de Medicina de la prestigiosa Universidad Católica de Coldshire.

Pero Peter se sintió muy extraño al verse a sí mismo en aquella imagen.

El Peter del televisor cerró la puerta con llave y se dirigió al otro extremo de la habitación. A continuación, guardó las llaves junto con un sobre en el primer cajón de la mesilla.

Peter paró inmediatamente el vídeo y abrió aquel cajón. Un llavero con dos llaves se hallaban en el fondo, pero no había ni rastro del sobre. Peter cogió las llaves y se dirigió hacia la puerta. La herida de la cabeza aún sangraba y sentía que debía abandonar urgentemente aquel lugar, pero su propia imagen congelada en la pantalla le hizo detenerse. Peter se apoyó en la cama y volvió a pulsar el botón de reproducción.

De nuevo se vio a sí mismo paseando nervioso de un lado a otro y hablando solo. En una mano portaba su agenda roja, y en la otra, un objeto metálico que no llegó a distinguir. En un momento dado, el Peter del televisor tuvo una arcada y pareció que iba a vomitar, pero se recuperó. Después entró en el baño y se quedó quieto. La bañera parecía estar llena de agua turbia, aunque no se podía apreciar correctamente. A continuación, aquella réplica de sí mismo se santiguó, dejó la agenda sobre el borde de la bañera y se metió completamente vestido en el agua.

Peter palpó sus ropas mojadas como en un sueño, incapaz de separar su mirada del televisor. Se sentía desconcertado al contemplarse a sí mismo realizando acciones que ni siquiera recordaba.

La siguiente escena le dejó helado; simplemente aquello era imposible.

El objeto metálico que había visto antes era un estilete

quirúrgico. El Peter de la pantalla se santiguó nuevamente, y a continuación, se hizo una incisión profunda en cada muñeca. La sangre empezó a manar de las heridas, tiñendo de rojo la bañera. Mientras se desangraba, aquel hombre idéntico a él comenzó a repetir una extraña letanía, como si estuviese rezando.

El padre Peter apartó la vista del televisor y vomitó en el suelo. Cuando se hubo recuperado, se levantó las mangas de la camisa y se persignó. Ahora conocía el origen de aquellas cicatrices finas y rectas que recorrían sus brazos.

En medio de aquel horror, fue consciente de algo que no llegaba a encajar del todo en aquella escena. Tenía cinco cicatrices en cada antebrazo, pero acababa de ver con sus propios ojos cómo se había hecho un único corte por cada muñeca.

Además, si su ropa estaba aún mojada, los cortes tendrían que haberse producido hacía poco tiempo. Pero sus heridas estaban casi cicatrizadas, como si fuesen de hacía semanas.

Su mente analítica trató de abrirse paso entre la maraña de confusión, pero un grito procedente del televisor cortó sus pensamientos y devolvió su atención a la pantalla. El Peter de la imagen miraba a la cámara fijamente y la apuntaba con el índice, mientras la sangre de las heridas resbalaba por sus brazos.

—¡Es una trampa! —gritó con los ojos desorbitados.

Después cogió la libreta roja del brazo de la bañera, y comenzó a pasar las hojas como un poseso mientras balbuceaba algo incomprensible.

El padre Peter subió el volumen de la televisión, pero el sonido era de muy baja calidad y solo logró entender una palabra repetida en varias ocasiones: «Black».

Entonces, el Peter del televisor comenzó a escribir en la agenda con manos temblorosas. Pero la libreta se le escapó y cayó al suelo en medio de un charco de sangre y agua. Trató de recuperarla en un desesperado intento, pero las fuerzas le fallaron y se golpeó la frente contra el borde de la bañera perdiendo el conocimiento. Su cuerpo cedió y se fue hundiendo en el agua rojiza hasta desaparecer.

La pantalla mostró la misma imagen fija durante tres minutos, en los que el padre Peter no apartó la vista ni un segundo. Su *alter ego* al otro lado del plasma no volvió a emerger del agua. Finalmente, la grabación se paró, y una niebla gris, acompañada de un zumbido lo cubrió todo.

El padre Peter se tocó la frente ensangrentada, allí donde se había golpeado con la bañera. Esa herida no había cicatrizado milagrosamente como las de la muñeca, sino que seguía abierta y estaba cubierta de restos de sangre coagulada. Y lo que era mucho más importante e inquietante: ¿por qué no estaba muerto?

Peter trataba de entender, sin conseguirlo, lo que acaba de ver. Aparentemente había intentado suicidarse cortándose las venas, aunque desconocía el motivo. No sabía cómo había llegado a aquel lugar y su último recuerdo nítido era del día anterior, o eso creía. Había salido de la reunión del consejo de la universidad, en la que había sido elegido para conducir el discurso inaugural. Era una calurosa tarde de finales de agosto y había decidido regresar a casa dando un paseo por el parque. Al llegar, se había tumbado un rato en el sofá frente a la televisión y había cerrado los ojos. No tenía intención de dormir, pero había trabajado intensamente las últimas noches y el sueño le había vencido mientras veía las noticias.

Después se había levantado empapado, en aquella habitación desconocida, con la frente sangrando y las muñecas desgarradas.

¡Dios santo! ¡Había tratado de suicidarse!

Algo terrible debía de haber pasado entre las tres de la tarde de ayer y el momento actual para que cometiese semejante acto. Ni siquiera sabía qué hora era, pero a juzgar por la escasa luz que se filtraba por las ventanas debía de estar amaneciendo.

Peter recordó el grito desgarrador que su alter ego había proferido en la televisión y se estremeció.

«¡Es una trampa!», había gritado.

¿Una trampa de quién? ¿Quién y por qué querría su mal? El padre Peter creía no tener enemigos. Desde luego no en su círculo más cercano. En los últimos años se había convertido en una cara conocida para el público al aparecer en varios programas y debates televisivos, pero no se había granjeado ninguna enemistad importante.

—Ahora eres un personaje famoso —le dijo en una ocasión el rector de la Universidad, el padre O'Brian—. Y lo que es más importante para nosotros, tu imagen de intelectual moderado y cercano a la gente, es la mejor campaña publicitaria que ha tenido la iglesia en mucho tiempo.

Peter era un hombre alto y apuesto, y a sus cuarenta años mantenía una figura atlética esculpida a golpe de remo. Impartía las clases vestido con ropa informal y, en muchas ocasiones, se había divertido al percibir una mirada de extrañeza en sus nuevos alumnos cuando le veían vistiendo sotana o con alzacuello.

Sinceramente, no creía que su imagen pública tuviese algo que ver con todo aquello. No parecía demasiado probable que un loco anticatólico estuviese intentando enredarle en algún tipo de plan para acabar con él en menos de doce horas. Tenía que haber otra explicación.

Peter pensó en la única palabra que había logrado entender en aquel monólogo, tratando de darle algún sentido. El Peter de la pantalla la había repetido con insistencia entre una maraña de murmullos incomprensibles

«Black».

Por más que lo intentaba, no sabía a qué se podría estar refiriendo, pero tenía la certeza de que era una pieza importante en aquel rompecabezas.

Otro elemento clave descansaba en el suelo del baño: su agenda. Peter se incorporó trabajosamente y se dirigió hacia allí.

Se trataba de una libreta en la que apuntaba todo lo concerniente a sus clases y su programación de actividades. Pero en el vídeo se había visto escribiendo algo en ella justo antes de hundirse en la bañera.

Sus esperanzas se desvanecieron en cuanto abrió la puerta; no había rastro de la agenda. Peter estaba seguro de haber visto cómo la libreta caía junto a un pequeño charco en el suelo. Tal vez la memoria le habría jugado una mala pasada y la agenda cayó en la bañera.

Peter miró el agua teñida de rojo y atisbó una sombra en el fondo. El corazón le dio un vuelco. Parecía una mata de pelo oscuro y frondoso, como el suyo. Peter respiró profundamente, metió la mano en el agua y agarró el objeto sumergido sacándolo a la superficie.

Se trataba de una vieja esponja empapada. Peter revolvió el agua con el brazo pero no halló rastro de la libreta.

La alternativa más probable era que alguien habría entrado en la habitación mientras él permanecía inconsciente y se habría llevado la agenda. ¿Pero quién? ¿La misma persona que le sacó de la bañera y le tendió en la cama? ¿O había salido por sus propios medios y no lo recordaba?

ꞏPeter salió del baño y se sentó en la cama. Tenía frío y la ropa mojada se le pegaba incómodamente a la piel. Hasta ahora se había preocupado por los elementos más sencillos del misterio, aquellos a los que se podía encontrar una explicación racional, pero no podía demorar por más tiempo enfrentarse a lo que más le preocupaba.

Se había visto a sí mismo desvanecerse y sumergirse en la bañera durante varios minutos. Aun en el caso de que alguien hubiese entrado en la habitación nada más terminar la grabación y le hubiese sacado de la bañera, debería estar muerto. Nadie podía aguantar tanto tiempo bajo el agua sin ahogarse, sin mencionar el hecho de que parecía haber perdido el conocimiento.

Y luego estaban las cicatrices de sus brazos. Cinco largas marcas muy juntas en cada muñeca. El había visto cómo se hacía un solo corte, de eso estaba seguro. Además, era absolutamente imposible que aquellas heridas se hubiesen cerrado de esa manera en solo unas horas. Las cinco cicatrices tenían distintos colores, como si fueran de distintos días. Una de ellas aparecía casi blanca, mientras que otra, con un aspecto mucho más reciente, aparecía enrojecida.

No era posible, nadie se curaba tan rápido.

Peter recordó las imágenes de santos y mártires de sus viejos libros. Muchos de ellos aparecían con estigmas y heridas de origen desconocido a las que se atribuía un carácter divino. El padre Peter creía firmemente en Dios y en la importancia de su concepto para la humanidad. Pero era un hombre de ciencia, catedrático y médico de reconocido prestigio, y dejaba el terreno de los milagros y supersticiones para otros.

Su mente empírica se negaba a introducir cualquier variable sobrenatural en aquella ecuación, aunque no era capaz de encontrar ninguna explicación racional a lo que había sucedido. De forma instintiva se llevó la mano al crucifijo de plata que pendía de su cuello, regalo del rector O'Brian. No sabía qué había pasado, pero estaba firmemente decidido a averiguar la verdad, fuese cual fuese.

Peter se levantó e introdujo la llave más grande en la cerradura. La puerta se abrió sin ofrecer resistencia, mostrando un pasillo alargado y desconocido. En un lado de la puerta, pegado a la jamba, pendía un trozo de plástico rasgado de color rojo.

Al fondo, unas escaleras le condujeron a la planta baja. A medida que se alejaba de la habitación, el frío se hacía más intenso a su alrededor. Al bajar el último peldaño, Peter vio la puerta de cristal del edificio. El sol había salido ya y algunos rayos débiles se escapaban entre el velo de niebla matinal, despuntando brillos blancos en el exterior. Tenía mucho frío, y aunque al principio lo achacó a sus ropas mojadas, Peter observó extrañado la pequeña columna de vaho blanco que formaba su aliento. Aquella temperatura no era normal para finales de verano. Fuera, la calle se veía anormalmente resplandeciente como si una cortina blanca tamizase los rayos del sol. Peter se acercó a la puerta y contempló el exterior.

Su cerebro no podía comprender la imagen que le trasmitían sus ojos.

Un manto de nieve de medio metro de espesor se extendía por la ciudad hasta donde alcanzaba la vista. Un par de niños jugaban embutidos en sus trajes de invierno junto a un muñeco de nieve. Cerca de allí, había un abeto decorado con luces de colores, coronado por una estrella dorada. Unos copos grandes y sedosos comenzaron a caer del cielo.

Era evidente que no estaban en agosto.

Capítulo 2

Susan Polansky estaba profundamente disgustada. Aun así mostró su sonrisa más encantadora y declinó la invitación amablemente con la cabeza.

—No tiene por qué molestarse —dijo Susan.

—Por favor, en su estado es lo mejor —insistió el hombre.

—Muchas gracias. —Susan acabó cediendo ante la cortesía del hombre y se sentó en el asiento que le ofrecía.

El autobús estaba abarrotado y la abultada barriga de Susan gritaba a los cuatro vientos que estaba embarazada. Además, sus pechos, que ya de por sí tenían un tamaño considerable, amenazaban ahora con salirse del sujetador y traspasar la frontera de su blusa. Al parecer, el amable pasajero que le había cedido su asiento también lo había notado, ya que no paraba de mirárselos como si fueran dos pasteles de arándanos recién horneados. Solo le faltaba relamerse.

Ese hecho no hizo más que aumentar su disgusto, aunque en realidad era otra la causa real del enorme malestar que sentía en aquel instante. Susan estaba allí para resolver un asesinato cuya naturaleza y circunstancias le repugnaban profundamente.

—Sea lo que sea, seguro que estará orgulloso —dijo el desconocido con una sonrisa estúpida en los labios.

—¿Cómo dice? —replicó Susan ausente.

—Decía que su marido estará orgulloso. Tanto si es un chico como si es una chica —añadió el hombre manoseando una cadena con un pequeño crucifijo.

A juzgar por el brillo de sus ojos, aquel tipejo libidinoso tendría que rezar muchos padrenuestros si se confesase esa semana. Susan optó por devolver una sonrisa cortés como respuesta, y se concentró en resistir a los gases que pugnaban por abandonar su cuerpo. Ese era otro gran fastidio de aquel estado, tras seis meses de embarazo se había convertido en un condensador de gas metano ambulante.

Además, si aquel tipo supiese la verdadera historia de su vida, probablemente se abría apeado en la próxima estación escandalizado, o quizá habría sacado una botellita de agua bendita y se la habría esparcido por encima con intención de exorcizarla. Coldshire era uno de los pueblos más conservadores y retrógrados de Inglaterra, así que una joven y futura madre soltera, fecundada de forma artificial, no era el modelo ideal para aquel lugar.

—¿Ya han decidido el nombre? —preguntó cansinamente el desconocido.

—Aún no.

—Si me permite un consejo, si es chico le podrían llamar José. Como el padre de nuestro Señor.

Susan no contestó, así que el hombre lo consideró como una negativa y continuó con su oferta.

—¿Qué le parece Jorge? San Jorge es nuestro patrón. En mi familia tenemos al menos un Jorge en cada generación. Yo mismo me llamo Jorge y tengo un hijo con el mismo nombre —dijo orgulloso.

Definitivamente, aquel individuo estaba gobernado por un gen recesivo heredado de alguna antigua unión entre parientes cercanos. Tal vez su abuelo Jorge se casó con su prima Georgina y de resultas salió aquel engendro. Y lo triste era que podría ser cierto. Durante sus años de universidad allí, Susan había hecho un estudio sobre el inusual índice tumoral de la región y su relación con el alto grado de consanguinidad de la población local. Habría que añadir también la imbecilidad como efecto colateral.

En cualquier caso, su pequeña se llamaría Paula, como su abuela.

—Jorge es un gran nombre. Es muy sonoro —contestó mientras contenía de nuevo una ventosidad.

Susan se esforzaba por seguir el consejo de su psicóloga de no replicar lo primero que se la pasase por la cabeza, especialmente si había más de tres palabras ofensivas en la respuesta. Así que optó por concentrarse en las oscuras calles al otro lado del cristal, con la esperanza de que la dejasen en paz.

La nieve caía con fuerza y los transeúntes se refugiaban bajo sus negros paraguas. Todo era oscuro allí. Los edificios, las calles, los habitantes y hasta sus paraguas, que parecían apéndices deformes de sus cuerpos. Pero no era algo de extrañar teniendo en cuenta que aquella triste población se llamaba Coldshire. No sabía si la ciudad había heredado el nombre de la universidad religiosa que albergaba, o si había sido al revés. En realidad no le importaba. Susan había estudiado Medicina durante siete años entre los oscuros muros de aquella prisión y ya había tenido más que suficiente.

El solo hecho de estar allí ya le traía sensaciones incómodas. Hacía tiempo que había abandonado aquel lugar húmedo y triste por la mucho más animada y cosmopolita Brighton. Cierto que no se trataba de la costa de Málaga, pero al menos veían el sol de vez en cuando.

Aquella misma mañana, cuando la designaron para un caso en Coldshire, le pidió a su responsable que le asignara otro destino. Pero el carácter de Susan había ido dejando diversas cuentas pendientes en el departamento y parecía que empezaban a cobrárselas. Oficialmente se la requería allí porque conocía el terreno y tal vez conociese a gente que podría estar involucrada en el suceso.

—¿Usted no es de por aquí verdad? —zumbó de nuevo el abejorro, interrumpiendo sus pensamientos. La mirada del hombre se debatía nerviosa entre el canalillo de los pechos de Susan y la falda algo corta.

—¿Cómo lo ha averiguado?

—Por el color de su piel, tiene un moreno muy bonito, ¿sabe? —dijo con la baba a punto de caérsele—. ¿Y qué hace una chica tan guapa en nuestra pequeña ciudad? ¿Está de vacaciones?

—Estoy aquí por trabajo —respondió cortante.

—Déjeme adivinar. ¿Es modelo? ¿Viene a un desfile?

Ya estaba bien, al infierno los consejos de su psicóloga. Aquel «inframental» lo estaba pidiendo a gritos.

—No, soy inspectora de policía forense. Disecciono cadáveres y meto a los asesinos entre rejas. —Susan sacó una placa reluciente de su bolso y se la mostró. En el proceso dejó deliberadamente a la vista la pistola.

El hombre la miró boquiabierto.

—Y como no deje de mirarme las tetas le llevaré detenido a

comisaría por acoso sexual. Seguro que a su mujer y al pequeño Jorge les encantaría escuchar la historia.

El hombre cerró la boca y negó con la cabeza. Se bajó en la siguiente parada sin siquiera levantar la mirada y se perdió bajo la nieve. Se había dejado el paraguas junto al asiento. Susan sonrió divertida y continuó hasta la parada que se encontraba frente a la comisaría.

Llegaba tarde a una reunión con el teniente Nielsen, el encargado local del caso. Apenas habían cruzado unas palabras por teléfono, pero fueron más que suficientes para que surgiese una antipatía mutua. Era un tipo engreído y pagado de sí mismo al que le encantaba escuchar el sonido de su propia voz. Y como en las malas películas de policías, le disgustaba profundamente que hubiesen mandado a alguien de homicidios a meterse en su jardín y más tratándose de una mujer. Susan esbozó una sonrisa traviesa al anticipar la cara que pondría el teniente cuando viese su barriga de embarazada.

Susan se bajó del autobús, abrió el paraguas del desconocido y cruzó la calle en dirección a la comisaría. Volver a pasear por aquel lugar le hizo revivir viejas sensaciones, ninguna de ellas agradable. Pero ahora tenía que concentrarse y dejar a un lado los fantasmas del pasado. No tenía más remedio que estar allí. Tenía un caso importante que resolver, con o sin ayuda del teniente Nielsen.

Susan recordó las fotos de la joven asesinada y un escalofrío le recorrió de arriba abajo. La habían violado en un parque cercano al campus universitario y después le habían rajado el cuello con saña. Antes de morir le habían marcado con un hierro al rojo vivo un extraño símbolo con forma de ocho sobre la piel. La pobre chica tenía solo veinticuatro años, los mismos que tenía Susan cuando se marchó huyendo de aquella sórdida universidad.

Estaba decidida a descubrir quién había hecho aquello y a meterle entre rejas. Además, cuanto antes lo hiciese, antes podría volver a su soleada Brighton y seguir con su vida. Una patadita de la pequeña Paula pareció corroborar sus pensamientos. Susan miró hacia ambos lados, y al comprobar que estaba sola, descargó aliviada el gas acumulado.

Capítulo 3

Peter contempló a través del cristal del taxi el espectáculo blanco que se extendía ante él. El vacío en su cerebro no se limitaba a unas pocas horas, sino a más de cuatro meses. De camino a casa, aún aturdido, había hecho parar al taxista junto a un quiosco y había comprado un periódico. Estaban a veintidós de diciembre. Era increíble pero eso significaba que habían pasado cuatro meses exactos desde su último recuerdo.

La laguna en su memoria era extrañamente selectiva; recordaba todo lo sucedido antes del veintidós de agosto como si hubiese sido ayer, de hecho, para él, ese día era su ayer. Pero era incapaz de recordar absolutamente nada de lo sucedido después.

El padre Peter descendió del taxi y subió como un sonámbulo los tres escalones que conducían al portal. Su pequeño apartamento estaba situado en un barrio obrero próximo a la universidad. Era uno de los pocos profesores que vivían fuera del campus y casi el único entre los eclesiásticos. Al principio la idea no había seducido demasiado al consejo de dirección, pero el rector O'Brian había intercedido por él y Peter se salió con la suya. Nunca le había gustado demasiado el ambiente cerrado de la universidad, ni el control casi militar que se imponía en el campus.

—Buenos días, padre Peter. —La vecina de al lado, la señora Nolan, asomó su cabeza repleta de rulos, como una hidra de andar por casa—. Anoche no le oí llegar.

Peter se quedó desconcertado un instante antes de contestar. Estuvo a punto de entablar conversación con ella para obtener más información, pero finalmente desistió. La señora Nolan era una viuda sesentona cuyo pasatiempo principal consistía en controlar los horarios y compañías de sus vecinos de escalera. Peter estaba convencido de que guardaba una ficha completa de cada uno de ellos.

—Buenos días, señora Nolan. Ayer tuve mucho trabajo y volví muy tarde.

La señora Nolan enarcó una ceja y le miró con una sonrisa que no supo descifrar.

—Lo digo porque su gato no ha parado de maullar... otra noche más —añadió.

—Lo siento, señora Nolan. Tanon se habrá quedado sin comida —dijo precipitadamente—. Buenos días.

Peter cerró la puerta tras de sí con el mínimo de cortesía exigido y suspiró aliviado. Muchas noches trabajaba hasta tarde y, en vez de volver a casa, dormía en un pequeño sofá cama que tenía en su despacho. Pero la señora Nolan prefería fantasear con alguna otra explicación extravagante.

Tanon se acercó maullando y se enredó en sus pantalones. Peter le acarició la cabeza y el gato le olisqueó las muñecas. El dolor no había desaparecido pero comenzaba a mitigar. Peter le puso su comida favorita a Tanon y se encaminó al dormitorio. Se quitó la ropa húmeda y pospuso la ansiada ducha por el momento. Su mente era un hervidero y aún tenía muchas cosas que hacer antes de relajarse bajo un chorro de agua caliente.

Ahora, mucho más despejado, estaba decidido a establecer un plan de acción. Tenía que recabar toda la información que pudiese sobre lo que había sucedido en aquellos cuatro meses. Debía averiguar qué le había llevado a intentar suicidarse y a qué se refería el Peter de la grabación cuando habló de aquella «trampa». Si había una conspiración contra él, tendría que encontrar a los responsables.

El padre Peter cogió el teléfono del salón y marcó un número de memoria. Una voz áspera y desagradable sonó al otro extremo.

—Ha llamado a la residencia privada de Michael O'Brian. En este momento no está en casa o se encuentra ocupado. Deje su mensaje al oír la señal.

Ni un solo «por favor». Era el estilo frío y autoritario de Marta Miller, la asistente personal y secretaria del rector O'Brian. El rector también tenía la cátedra de Medicina Forense, y la señora Miller, como su ayudante, era la responsable de la pequeña morgue de la universidad. Según las malas lenguas, la señora Miller cumplía otras funciones de carácter más íntimo, pero Peter nunca creyó esas habladurías.

Lo cierto era que la historia de Marta Miller y la suya propia corrían paralelas. Ambos eran hijos de un hogar roto y ambos habían sido acogidos de jóvenes por el padre O'Brian. Al principio no se habían llevado demasiado bien, ambos sentían una especie de celos mutuos con relación al padre O'Brian, pero con el tiempo sus caminos se fueron separando y su relación se hizo fría y distante, prácticamente inexistente.

Peter colgó el teléfono del salón importunado. Necesitaba desesperadamente contarle lo sucedido al padre O'Brian y recibir su sabio consejo. El rector era un gran hombre y lo más parecido a un padre y consejero que Peter había tenido jamás. A él le debía lo que se había convertido, y por mucho que tratase de devolvérselo, su deuda nunca estaría suficientemente satisfecha. Por eso se prestaba a seguir apareciendo en aquellos debates televisivos, defendiendo las tesis de la Iglesia con templanza y moderación, y donando la mayor parte de sus ingresos a la universidad.

Peter llamó al rector O'Brian a su número de móvil, pero estaba apagado.

Lo siguiente que hizo fue buscar su propio teléfono móvil. No lo usaba muy a menudo y casi nunca lo llevaba consigo. Además, después de aparecer en televisión había tenido que cambiar de número en varias ocasiones. No sabía cómo, pero la gente era capaz de encontrar su número y se sentían libres de llamarle o mandarle mensajes a todas horas. La mayoría era de apoyo y cariño, pero el efecto general acababa siendo incómodo. Así que compró un teléfono con tarjeta y solo les dio el número a sus más allegados. No más de treinta personas lo conocían.

Peter revisó el teléfono con manos inexpertas y tardó varios segundos en hallar lo que buscaba. La lista de llamadas se reducía a solo quince en los últimos días, la mayoría a la universidad y a su secretaria. Había varias al padre O'Brian y una al número particular de Marta Miller. No solía llamarla a ella directamente, pero tampoco era algo muy extraño.

Las llamadas recibidas tampoco aportaron demasiada luz. Procedían de la universidad, también su secretaria y el padre O'Brian. Ninguna de Marta. También había recibido llamadas de sus alumnos. Se trataba de Sarah Collin, Anna Newman y Richard Stevens, pero aquello entraba dentro de lo normal. Eran tres de sus mejores alumnos y le habrían contactado para despedirse antes de las vacaciones de Navidad.

Por último, revisó los mensajes. La carpeta de mensajes enviados estaba vacía y en la carpeta de entrada había un único mensaje recibido el día veintiuno de diciembre al mediodía. Era de su alumna Anna Newman. Peter lo abrió y lo leyó.

«Parque Cross, siete de la tarde».

Peter contempló el mensaje pensativo. Anna Newman era una alumna especial. En primer lugar, era una de las pocas mujeres que había en el campus y había tenido unos inicios difíciles. Ahora, solo le restaba un año para acabar la carrera, y se podía decir que había triunfado; era la timonel del equipo de remo y una de las estudiantes más brillantes del campus. Peter supuso que habrían quedado en el parque Cross para ir a correr. Varios miembros del equipo de remo solían citarse para entrenar, aunque aquel parque no era el sitio habitual. Quedaba un poco apartado y los caminos estaban algo descuidados.

Peter encendió entonces su ordenador portátil; tal vez encontrase algo en su agenda electrónica, aunque tampoco tenía demasiadas esperanzas. Estaba algo anticuado en aquel aspecto y prefería con mucho utilizar su agenda roja, aquella que había desaparecido en el baño. Aun así, el resultado le sorprendió. No había ni una sola anotación en su agenda electrónica, ni una reunión, ni un comentario desde el veintidós de agosto. Antes de esa fecha había algunas notas y citas actualizadas, pero desde ese día no había absolutamente nada.

Peter abrió el explorador de su portátil y ordenó los ficheros temporalmente. Todos tenían una fecha anterior al día veintidós. Había tres o cuatro de ese mismo día relacionados con el inicio del curso, pero nada más.

Entonces comprobó su correo electrónico. Los últimos correos electrónicos tenían fecha del veintidós de agosto, tampoco había nada posterior. Era como si su vida después de ese día hubiese quedado suspendida en la nada. Aunque existía otra explicación: alguien habría accedido a su portátil y habría borrado toda la información ¿Pero por qué hacerlo a partir de esa fecha? ¿Y cómo podría alguien saber que él perdería la memoria ese día?

22

Peter decidió que era el momento de darse una ducha. Necesitaba relajarse o al menos despejarse. Durante casi media hora, permaneció bajo el chorro de agua caliente, tratando de evadirse del mundo sin llegar conseguirlo. La herida de la cabeza le escocía y las muñecas le produjeron molestias al enjabonarse. Por mucho que lo intentase, no lograba alejar de su mente la imagen de sí mismo desangrándose en aquella bañera.

Peter cerró la ducha y se enfundó un albornoz y unas zapatillas de andar por casa. Se estaba preparando un café en la cocina, cuando escuchó un ruido en la entrada. Se acercó en silencio y vio como el picaporte de la puerta se movía ligeramente. Alguien estaba tratando de abrir desde fuera. Con el pulso acelerado, Peter cogió el atizador de hierro de la chimenea y se acercó a la puerta. La cerradura dejó de moverse de repente.

Peter levantó el atizador y abrió la puerta de golpe con la otra mano. El rellano estaba oscuro y vacío. No había rastro de nadie y el portal se hallaba cerrado. Había un objeto tirado en el suelo, sobre la alfombrilla de su descansillo. Peter lo cogió con recelo.

Se trataba de un sobre grande y amarillento con los bordes gastados. No pesaba demasiado y no tenía dirección de entrega ni remite. Un símbolo extraño decoraba el sobre en una de sus esquinas. Era como un ocho alargado, formado por eslabones que se entrelazaban entre sí, como si se tratase de una cadena de metal. Estaba dibujado a mano, probablemente a lápiz o a carboncillo, pero con una gran precisión. No sabía dónde ni tampoco cuándo, pero tenía la sensación de haber visto aquel mismo símbolo anteriormente. Peter se decidió a abrirlo y miró en su interior. El corazón le dio un vuelco y estuvo a punto de dejar caer su contenido.

Se trataba de su agenda roja.

Capítulo 4

El autobús dio un frenazo inesperado y Peter, absorto en la lectura de su libreta, chocó contra el pasajero de enfrente, un joven parapetado tras un flequillo revuelto que ocultaba buena parte de su rostro.

—Lo siento, estaba distraído leyendo —se disculpó Peter.

—No se preocupe, señor Syfo. Por la mañana todos vamos medio dormidos.

Peter se fijó en el joven y su lengua se movió más rápido que su cerebro.

—¿Nos conocemos?

Una centésima de segundo después se dio cuenta de su error. El muchacho se le quedó mirando durante un instante, hasta que una tímida sonrisa de reconocimiento apareció en su cara.

—Me está tomando el pelo, ¿verdad, profesor?

Peter rehuyó su mirada y leyó la etiqueta adherida en uno de los libros que portaba el joven: Michael Dunstan.

—Claro, Michael, solo quería comprobar tus reflejos. En estas fechas los excesos os pasan factura —dijo esbozando una sonrisa forzada.

Aquel joven debía de ser uno de sus nuevos alumnos del trimestre y por ese motivo no le recordaba. El autobús paró junto a la universidad, rescatándole de la embarazosa situación. Peter se apeó en aquella estación y tomó nota mental de permanecer alerta, al menos hasta que hablase con el rector O'Brian. Mientras cruzaba el campus en dirección a su despacho, agarró con fuerza su agenda y volvió a preguntarse quién la habría sustraído para después devolvérsela.

Aquella mañana, al abrir el sobre con el extraño símbolo y encontrar dentro su libreta, se había quedado paralizado. Cuando logró reaccionar, varios segundos más tarde, salió del portal y miró a ambos lados de la calle. Todo estaba desierto salvo por una figura alta que se alejaba en dirección al centro del pueblo. El padre Peter fue en su persecución, pero al doblar la esquina no había ni rastro de aquel hombre.

Peter entró en casa pensativo y se pasó casi toda la mañana revisando la agenda en busca de alguna pista. Había empezado a leer desde el veintidós de agosto hacia delante, pero en los primeros meses no encontró nada reseñable. A partir del quince de noviembre comenzó a observar algo extraño en su escritura. Era evidente que seguía siendo su letra, pero los caracteres se hacían más imprecisos, con un trazo más nervioso y acelerado. Y era algo progresivo, iba a más. El cambio se hacía especialmente evidente en algunos días concretos, en los que su escritura aparecía casi ilegible. Además, a medida que se acercaba el invierno, sus notas se hacían más escasas y breves.

Al revisar sus citas y reuniones, Peter encontró un hallazgo que, aunque no era demasiado importante, no pasó por alto; en los últimos dos meses había tenido al menos una entrevista semanal con Anna Newman. Eso sería algo normal si Peter fuera el tutor de la chica, pero no era el caso. De hecho, en una de sus primeras citas con Anna, había apuntado lo siguiente en letras mayúsculas:

«Hablar urgentemente con su tutor».

Pero lo que verdaderamente le puso en guardia fue la anotación escrita junto a la última entrevista con Anna Newman. Tan solo se trataba de dos palabras en tinta roja, pero el vello de los brazos se le erizó al leerlas.

«Padre Black».

«Black».

Recordaba claramente cómo había repetido varias veces aquella palabra mientras estaba en la bañera desangrándose. Peter se estremeció al recordarlo; había sido demasiado horrible.

Cuando se hubo recuperado, consultó el almanaque universitario del curso anterior pero no encontró ningún sacerdote o profesor con ese apellido. Tal vez no fuese alguien vinculado a la universidad. De todas formas, tomó nota mental de revisar el almanaque del año actual en cuanto llegase a su despacho del campus.

El resto de su agenda roja no contenía más que comentarios ordinarios sobre sus alumnos y asignaturas. Nada de especial interés. Así llegó a las notas del veintiuno de diciembre, el día en que se había intentado suicidar.

Peter comenzó a sudar y se le aceleró el pulso perceptible-mente.

Pero todo era aparentemente normal. Tenía prevista una reu-nión por la mañana con los chicos de la radio del campus, para un especial de Navidad. Después tenía que dar la misa de las cuatro en una pequeña parroquia local, lo que explicaba que llevase traje negro y alzacuello. No había referencia a la cita en el parque con Anna Newman por ninguna parte. Peter pasó a la siguiente hoja, la que correspondía con el día actual, veintidós de diciembre.

Estaba en blanco a excepción de un pequeño símbolo dibuja-do en la esquina inferior izquierda de la página. Se trataba del mismo símbolo que había encontrado en el sobre. Peter pasó unas cuantas páginas más y se quedó sorprendido. Había otras siete hojas marcadas de la misma manera, en total desde el día veintidós hasta el veintinueve de diciembre. El pequeño dibujo estaba muy elaborado y se componía de ocho eslabones entrelazados que for-maban una especie de ocho alargado. Peter lo miró de nuevo con especial interés.

∞

En realidad, más que un ocho parecía tratarse del símbolo ma-temático utilizado para representar el infinito. Pero su significado y origen se le escapaban por completo, y dada su nula capacidad para el dibujo, dudaba mucho de que él fuera el autor.

Peter dejó a un lado sus pensamientos y miró sorprendido la danza de luces rojas y azules que emitían un par de coches de po-licía. Estaban aparcados frente al edificio principal del campus, el mismo al que él se dirigía. Cuatro agentes charlaban en voz baja con un café humeante en las manos, protegiéndose del frío matinal con sus abrigos forrados. Al subir las escaleras, Peter se encontró con el padre Paul, uno de los profesores de Química.

—Buenos días, Paul. ¿Sabes qué ha sucedido? —dijo Peter girando la cabeza hacia los policías.

—Te iba a hacer la misma pregunta. Llegaron hace una media hora y han estado hablando con el rector, pero nadie nos ha dicho el motivo. Supongo que dadas las fechas, algunos alumnos se habrán pasado de la raya en algún bar del pueblo.

Peter asintió poco convencido por la explicación y se despidió de Paul, dirigiendo sus pasos hacia su despacho. Al menos, el rector O'Brian se encontraba en la universidad. Le había estado llamando durante toda la mañana, tanto al teléfono de su casa como a su móvil privado, pero se había estrellado contra el muro del contestador automático. Le parecía extraño que O'Brian no le hubiese cogido el teléfono, y más extraño aún que no le hubiese devuelto la llamada.

Peter abrió la puerta de su despacho y celebró que su secretaria Eva no se encontrase allí. Se preparó un *nespresso* y marcó por enésima vez el teléfono del padre O'Brian con el mismo decepcionante resultado.

Los destellos parpadeantes de los coches patrulla se colaban por la ventana dibujando un cuadro de luces y sombras sobre las paredes. Probablemente O'Brian seguiría hablando con la policía.

Peter echó las cortinas y se dispuso a enfrentarse a otro misterio más, surgido de su agenda. Aquella mañana, mientras estudiaba sus movimientos de los últimos cuatro meses, la libreta se le había caído al suelo. Al recuperarla observó un papel amarillento que sobresalía en la contraportada. Se trataba de un *post it* en el que había una breve nota mecanografiada. Peter la cogió y comprobó que había otras once notas más ocultas entre la tapa y el forro de plástico.

Todos y cada uno de aquellos papeles contenían dos filas de números, seguidas cada una de una letra. Peter cogió una de ellas al azar y la copió en una hoja en blanco:

«131120-092130 A»
«41486347-3757736 N»

Después prosiguió con las once notas restantes hasta rellenar la página con veinticuatro líneas de números seguidas de una letra. A primera vista se veía claramente que las letras siempre se repetían. La «A» en la primera fila y la «N» en la segunda.

Si se fijaba en la primera fila de cada nota, los cuatro primeros números variaban sin que encontrase un patrón fijo. Lo mismo ocurría con los últimos cuatro dígitos. Solo los cuatro números del medio permanecían constantes; un veinte separado de un nueve por un guión.

En cuanto a la segunda fila de números, encontró aún menos similitudes. Casi todas comenzaban con un cuatro y un uno, aunque algunas lo hacían con un cuatro y un cero. En cuanto a los demás números, no pudo hallar ninguna pauta que los explicase.

Peter, inquieto, dobló la hoja, se la guardó en el bolsillo y se levantó de su asiento. Todo aquello le estaba superando. Necesitaba hablar con el padre O'Brian cuanto antes. La policía ya se había marchado, así que Peter atravesó el edificio a paso vivo en dirección al despacho del rector. Al llegar, golpeó la puerta con los nudillos, pero nadie contestó. La puerta estaba cerrada con llave y no se oía nada en su interior. Se disponía a llamar de nuevo cuando la figura caballuna de Marta Miller dobló una esquina y avanzó hacia él.

Marta era una mujer francamente fea. Medía cerca de un metro ochenta y había heredado las hechuras y la fuerza de su padre, un estibador borrachín del puerto de Londres. En el campus era conocida como la «sargento de hierro». La mujer practicaba boxeo y hacía *footing* todos los días, y a sus cuarenta y cinco años se encontraba en un estado de forma envidiable. Podría pasar sin demasiado esfuerzo las pruebas de acceso de las fuerzas especiales británicas. La relación entre ambos no era muy fluida, pero Peter suspiró aliviado al encontrarse con la secretaria del rector.

—Marta, menos mal que te encuentro. Necesito hablar urgentemente con el padre O'Brian.

La mujer le sometió a un intenso escrutinio antes de contestar. Parecía como si aquella sencilla pregunta la hubiese incomodado profundamente.

—El padre O'Brian no está en el campus —dijo secamente.

—¿Y dónde se encuentra?

—Se fue ayer por la tarde a Londres y no regresará en todo el día.

La mujer se mostraba más beligerante que de costumbre y además mentía.

—El padre Paul me ha dicho hace media hora que el rector estaba en su despacho, hablando con la policía —repuso Peter con firmeza.

Marta le taladró con una expresión indescifrable y se subió las gafas con un gesto mecánico que la había acompañado desde su juventud.

—Y así es. El padre Lennon ha estado hablando con la policía.

—¿Qué tiene que ver el padre Lennon con todo esto? —inquirió Peter.

Esta vez la máscara del rostro de Marta se abrió levemente, dejando traslucir la rabia que sentía la mujer.

—Si es una broma, te advierto que es de muy mal gusto —rugió Marta.

—¿A que te refieres? —preguntó Peter con una sensación desagradable en la boca del estómago.

—Tal y como tú le sugeriste al consejo, el padre O'Brian ya no es el rector de la universidad. El padre Lennon le sustituye en funciones desde hace un mes.

Peter se quedó mirándola con los ojos desorbitados de incredulidad. Aquello no tenía sentido, O'Brian había sido el rector durante los últimos quince años, el mejor que había tenido Coldshire desde hacía medio siglo. Un hombre recto y firme, pero a la vez generoso y bueno. La Iglesia y aquella universidad eran su vida, y Peter no podía siquiera imaginar que otra persona ocupara ese puesto, no mientras O'Brian viviera. Y menos que él hubiese tenido algo que ver en aquel cambio. ¿Qué había ocurrido en esos cuatros meses?

Peter, aún muy débil, sintió que la cabeza le iba a estallar en cualquier momento. Se mareó, y hubiese caído al suelo de no ser por los reflejos felinos de Marta, que le sostuvo con sus manos de hierro en el último instante. La mujer levantó una silla de madera maciza como si fuera una caja de cerillas y se la acercó.

—¿Te encuentras bien? —preguntó Marta sin un atisbo de emoción en la voz.

—Necesito hablar con O'Brian —contestó Peter algo recuperado.

—Te he dicho que no volverá hasta mañana, está en...

—Sí, ya sé, está en Londres —la cortó Peter nervioso—. Pero seguro que tendrá un teléfono al que le pueda llamar. Quiero saber dónde está y cómo contactar con él.

Aquella mujer intimidaba a todo el mundo, y Peter no había sido inmune a ese efecto al conocerla. Pero de eso habían pasado ya muchos años. Marta le sostuvo la mirada unos segundos, siempre a la defensiva tras sus gafas de pasta.

—Le puedes localizar en el Hospital de London Bridge, habitación 510. Pero no le llames antes de las cinco de la tarde. Las sesiones de quimioterapia le dejan exhausto.

Peter se quedó tan impresionado que apenas podía hablar.

—¿Quimioterapia? ¿Qué le ocurre?

—Cáncer de páncreas —contestó la mujer extrañada. Peter se dio cuenta de que él ya debería conocer esa información.

—¿Es... grave? —consiguió preguntar.

Una lágrima se deslizó por la mejilla de Marta, que por un momento adquirió la expresión de una niña. Una niña perdida y sola.

—Por Dios, Peter, se está muriendo —dijo Marta.

Capítulo 5

—Espero que el veintidós de diciembre se recuerde como un gran día en esta comisaría. Tenemos que actuar rápidamente, con diligencia y determinación —expuso con vehemencia el teniente Nielsen ante la sala.

Aquel estúpido se estaba precipitando, pensó Susan. No solo eso, también le estaba produciendo arcadas. Aunque para ser sincera, las arcadas eran más por culpa de la agitación de Paula que por otro motivo. Y el ambiente, cargado de humo y sudor, no ayudaba a mejorar su estado.

—Lo siento, tengo que salir un momento —dijo Susan interrumpiendo el monólogo del teniente.

La mujer recibió la mirada hostil de Nielsen con indiferencia y abandonó la sala. Aquel gallito se había encargado de dejar bien claro desde el principio que allí eran autosuficientes.

—En Coldshire estamos capacitados para resolver este tipo de incidentes sin ayuda externa. Tenemos un equipo con una gran experiencia —había dicho Nielsen.

—No lo dudo teniente, ya he visto que el índice de homicidios de la comarca es de uno cada diez años —contestó Susan.

«Haciendo amigos», se dijo después. Pero no habría hecho ese comentario si no hubiese sido por la risita sarcástica con la que el teniente Nielsen la había recibido delante de todo el equipo.

Susan fue derecha al lavabo de mujeres y vomitó todo lo que había comido pocas horas antes en un restaurante de comida basura. «Al menos mi línea me lo agradecerá», pensó mientras se palpaba las piernas hinchadas. Susan nunca había estado especialmente preocupada por su físico. Ese era un rasgo característico de aquellos afortunados que sin hacer ejercicio ni seguir dieta alguna, habían sido bendecidos con un cuerpo envidiable. Pero ahora la cosa había cambiado y Dios, o quien quiera que se encargase allí arriba de esos asuntos, parecía estar tomándose la revancha.

Susan se enjuagó la boca, tomó un caramelo de menta que rescató del fondo de su bolso y se arregló el pelo antes de volver de nuevo a la sala de reuniones. El teniente Nielsen seguía desgranando la que debía ser la línea de trabajo del equipo, capitaneada por él mismo.

—Diez agentes estarán desplegados en torno a la universidad. Aaron y yo nos encargaremos de los interrogatorios. La señorita Polansky nos acompañará en esa tarea, si se siente con fuerzas —dijo irónicamente.

—Podré soportarlo.

—¿Alguna duda? —preguntó con suficiencia el teniente. Debía de estar acostumbrado a que nadie cuestionase sus métodos.

Aquellos agentes, la mitad recién salidos de la academia y la otra mitad a punto de jubilarse, no tendrían especial interés en criticar ni enfrentarse a su superior.

—Solo una, teniente —dijo Susan con voz suave—. Antes de montar semejante despliegue deberíamos contar con más información. La forma en la que murió la víctima es inusual y brutal. Aún no sabemos a quién nos estamos enfrentando.

Un pequeño silencio se hizo en la sala.

—Se me olvidaba, caballeros. La señorita Polansky es una brillante investigadora forense que además se graduó en Coldshire. Ilumínenos, por favor.

—Aún no hemos recibido las pruebas concluyentes de la autopsia —contestó Susan, ignorando el tono irónico del teniente—. Esa información puede ser esencial para determinar las acciones y planificar los recursos. No hay elementos suficientes para pensar que alguien de la universidad esté involucrado.

—Y según usted, ¿qué habría que hacer? ¿Quedarse de brazos cruzados hasta que un hombre con bata blanca nos resuelva el caso? ¿Conoce la expresión «la fortuna está de parte del que actúa»? Esto no es CSI Las Vegas, señorita Polansky.

—¿Conoce la expresión «como pollos sin cabeza»? —Susan ya no aguantaba más a aquel estúpido engreído—. Esto no es el circo de los payasos, teniente.

La cara del teniente Nielsen se puso roja como si se hubiese tragado un par de bombillas de Navidad. Iba a contestar cuando la puerta de la sala se abrió de repente, dando paso a un agente de uniforme.

—Teniente, hemos encontrado un testigo. Vio un coche negro como los que usan los profesores de la universidad.

El teniente Nielsen miró a Susan con soberbia. Una ristra de dientes afilados dibujó una sonrisa de satisfacción en su rostro porcino. Susan dejó su mente en blanco, sabía quién iba a ser el próximo objetivo del teniente y no tenía el más mínimo interés en darle vueltas.

«Solo espero que el testigo no se llame Jorge», pensó amargamente.

Capítulo 6

Peter deambuló abrumado y sin rumbo fijo por el patio del campus. La conversación con Marta Miller había sido confusa y sobre todo muy dolorosa. Cuatro meses atrás, cuando su memoria no era como un cajón vacío, el rector O'Brian gozaba de buena salud. Tenía casi setenta años, pero en general estaba en muy buena forma. Muchas tardes salían a dar largas caminatas por los bosques que bordeaban Coldshire, y hacía solo dos veranos habían estado una semana recorriendo el camino de Santiago, en España.

La noticia de que el padre O'Brian se estaba muriendo le había resultado tan dolorosa que no pudo contener las lágrimas delante de Marta. Al principio, la mujer le había mirado con desconfianza mientras Peter le preguntaba los detalles de lo sucedido. Ella creía que Peter estaba al tanto de todo y no lograba entender su comportamiento. Pero la expresión de absoluto abatimiento de Peter venció su resquemor. Por un instante se tendió un puente afectivo entre ellos que logró salvar el río de desconfianza y antipatía que había crecido durante más de veinte años.

—Su médico cree que no le quedan más de seis meses de vida, un año como máximo —anunció Marta lúgubremente—. No debiste apartarle de su puesto, quería acabar sus días al frente de su ejército, sintiéndose útil.

Peter sonrió con tristeza. El padre O'Brian siempre se refería a su equipo de profesores y trabajadores del campus como su pequeño ejército, deformación de sus días de clérigo castrense. Peter supuso que había tratado de apartar a O'Brian de su puesto con la intención de que su salud no se resintiera aún más. Pero tal vez se había equivocado.

—¿No hay nada que hacer? —preguntó con un hilo de voz tan fino como sus esperanzas.

Marta negó con la cabeza, entrecerrando los ojos.

—El cáncer ha saltado a los vasos linfáticos y se ha extendido por varios órganos.

No hacía falta hablar de milagros, los dos habían dejado de creer en ellos hacía mucho tiempo. Sus miradas se tocaron durante unos segundos, sin atreverse a romper aquel silencio teñido de pérdida. Finalmente, Marta habló.

—¿Te ocurre algo, Peter? Te noto muy extraño.

Su voz sonaba casi dulce y Peter estuvo a punto de contarle todo lo que le había sucedido. Pero cuando sus labios comenzaron a despegarse, descubrió en la mirada de Marta un halo indefinible que le retrajo. Era la mirada que un gato le dedicaría a un ratón antes de la cena.

—No es nada. Últimamente estoy muy fatigado y me cuesta conciliar el sueño. Los años no pasan en balde para nadie.

No había nada más que decir. Peter se despidió de Marta y salió del edificio con la esperanza de hallar un tibio consuelo en los rayos del sol. Un cielo de nubes negras cubría el campus y se extendía hacía las montañas. Peter suspiró resignado. No podía contarle lo sucedido al padre O'Brian; en su estado, cualquier mala noticia podría agravar su enfermedad. Pero necesitaba desesperadamente hablar con alguien.

Peter encaminó sus pasos hacia un edificio negro que se erguía sombrío sobre una pequeña colina. La iglesia de la universidad había sido construida hacía más de cien años con pizarra traída de las minas de Gales, y desde entonces vigilaba el campus desde su elevada posición.

Al subir la cuesta observó a un grupo de curas jóvenes charlando frente a la puerta de la edificación. Reconoció al padre Steven entre ellos y se dirigió hacia el.

—Buenos días, Steven. ¿Quién es hoy el padre confesor?

—Buenos días, Peter. Esta mañana le toca al padre Julius. Si te das prisa podrá atenderte, ahora mismo no hay nadie esperando —contestó afable.

Peter se despidió del grupo y entró en la iglesia mientras la nieve, perezosa, comenzaba a caer. Muchos sacerdotes se confesaban con cierta asiduidad, pero esa no era su costumbre. Pese a estar firmemente convencido de la utilidad de la iglesia y de los beneficios que aportaba a la sociedad, creía que el perdón de Dios no se obtenía de una confesión que, la mayoría de las veces, era forzada y maquinal. Él prefería abrirle su alma al Señor en la soledad de su cuarto, o mientras paseaba por el bosque. A solas ellos dos. Pero en esta ocasión necesitaba hablar con alguien que pudiera contestarle, y sobre todo, que le escuchase.

Peter encontró al padre Julius junto al confesionario, limpiando con un paño la madera labrada. No llevaba puesta la chaqueta y sobre la camisa negra llevaba escritas las iniciales JB. Peter no pudo evitar pensar en la marca de *whisky* escocés y amagó una sonrisa discreta. El padre Julius era tan alto como él, aunque definitivamente le sobraban unos cuantos kilos. Su pelo, rubio y lacio, caía pulcramente sobre ambos lados de la cabeza, separado por una raya trazada con tiralíneas. La nariz fina se acomodaba sobre un unos labios gruesos y húmedos que emitían destellos a la luz de las velas. A juzgar por las pequeñas arrugas que se esculpían alrededor de sus ojos azules y acuosos, debía rondar los cuarenta y cinco años. Peter tuvo la impresión de tener delante a un querubín de rostro envejecido habitando el cuerpo de un hombretón.

—Buenos días, padre Julius —dijo Peter acercándose.

—Buenos días, padre Peter. ¿En qué puedo ayudarle? ¿Quiere confesarse?

Su voz era fina y delicada, como si estuviera hablando en una guardería y no quisiera despertar a los bebés. Era la primera vez que la oía, o eso creía. Peter tardó en contestar. Cada vez que se encontraba con alguien a quien no recordaba le asaltaba la duda de si le habría conocido en esos cuatro meses de oscuridad. Era evidente que el padre Julius le conocía a él. Peter decidió ir directo al asunto, necesitaba hablar con alguien urgentemente y compartir su carga.

—Verá, padre Julius, no estoy seguro de querer confesarme. En realidad, no sé muy bien por qué he venido.

El padre Julius frunció el ceño ligeramente y se mordió el labio inferior.

—Bueno, ya casi es mediodía y no creo que venga nadie más hasta después del almuerzo. ¿Le parece que demos un paseo por el claustro y charlemos con menos ceremonia?

Peter asintió aliviado y ambos salieron al patio porticado anexo a la iglesia. Los arcos de piedra estaban cubiertos de cristaleras y aislaban razonablemente bien del frío exterior. La nieve caía sobre el césped y el cielo se había vuelto aún más plomizo.

Durante casi una hora de paseo y seis vueltas completas al claustro, Peter le contó lo acaecido desde que se levantara herido y aturdido en aquella extraña habitación. A medida que iba desgranando sus recuerdos, la historia le iba pareciendo más absurda e increíble. En más de una ocasión temió que el padre Julius frenase aquel relato grotesco y le aconsejase acudir a un psiquiatra. O que directamente llamase al manicomio más cercano para solicitar una plaza urgente. Muy al contrario, el padre Julius parecía absorbido por la historia, haciéndole algunas preguntas y pidiéndole aclaraciones sobre determinados puntos.

—¿Sabe de qué naturaleza era la cita que tenía con Anna Newman? —preguntó el padre Julius.

—Anna y yo salíamos a correr de vez en cuando, pero no creo que ese fuese el motivo en esta ocasión. Más bien creo que ella quería contarme algo que la tenía muy preocupada.

—¿Y no tiene ninguna sospecha de qué se trataba?

Peter estuvo a punto de hablarle de sus suposiciones acerca de la relación entre el comportamiento anómalo de Anna y su tutor. O con aquel extraño y desconocido padre Black, pero no quería mezclar a nadie en ese asunto sin tener pruebas sólidas. Al menos de momento.

—En realidad no, pero tampoco creo que revista mayor importancia —dijo eligiendo bien las palabras.

El padre Julius le miró con ojos inquisitivos.

—¿Y sabe si esa cita finalmente se produjo?

—No he encontrado ninguna nota en la libreta al respecto, así que no podría asegurarlo —dijo Peter.

El padre Julius meneó la cabeza, pensativo, y se frotó los ojos. Peter se sentía parcialmente liberado tras haber contado su historia, aunque había omitido varios detalles que no le habían parecido oportunos. No le había hablado de la increíble curación que habían sufrido sus heridas, ni de los más de tres minutos que pasó bajo el agua.

—Es una historia interesante, padre Peter, pero ciertamente inquietante. No parece usted un hombre desequilibrado ni, supongo, tiene antecedentes de ello. Ya sabe que solo llevo aquí unos meses y desconozco el entorno, pero permítame ofrecerle dos consejos: tenga mucho cuidado, tal vez alguien no le quiera bien —dijo el padre Julius mirándole fijamente—. Y no se lo tome a mal, pero si yo estuviese en su lugar visitaría a un médico urgentemente. La pérdida de memoria puede ser un síntoma de algo peor, Dios no lo quiera, y en cualquier caso tal vez pueda ayudarle a recuperar sus recuerdos.

Peter se disponía a contestar cuando un gorrión surcó veloz el cielo del patio y fue a estrellarse contra la cristalera que envolvía el pórtico. El ruido del choque pareció desproporcionado para el pequeño tamaño de la víctima.

El padre Julius salió al exterior y recogió al ave del suelo con delicadeza. Era preciosa. Un curioso mosaico de plumas rojas le hacían diferente a todos los gorriones que había visto. Pero tenía el ala dañada y la cabeza extrañamente torcida hacia un lado. Probablemente se había roto el cuello.

—Pobrecilla, no creo que sobreviva, pero al menos no pasará sus últimas horas helada de frío y en la oscuridad —dijo el padre Julius acurrucando al ave lo mejor que pudo en su bufanda de lana.

Las iniciales JB aparecían de nuevo bordadas sobre la prenda del padre Julius. Tener toda la ropa identificada de aquella manera era algo habitual entre la gente acaudalada. En ese instante, un joven seminarista al que Peter conocía de vista apareció corriendo por el pasillo en su dirección. Al alcanzarles frenó bruscamente y tomó aire.

—Padre Julius, el rector Lennon le está buscando. Dice que es algo muy urgente.

—¿Qué ocurre? —preguntó con voz melosa. El padre Julius miraba a aquel joven de una forma especial, casi con lujuria.

—No me lo han dicho, padre Julius. Pero el rector está hablando otra vez con la policía y corren todo tipo de rumores entre los alumnos.

—¿Qué rumores? —se adelantó Peter.

El muchacho dudó antes de contestar. Al hacerlo, la voz le tembló perceptiblemente.

—Dicen que la policía ha encontrado un cadáver en el campus.

Peter escuchó incrédulo al muchacho. Se disponía a tranquilizarle cuando vio algo que le dejó paralizado, congelando las palabras en su boca. Mientras el padre Julius se ponía la chaqueta, Peter pudo leer con claridad dos palabras escritas sobre la etiqueta interior de la prenda.

«Julius Black».

El padre Julius se giró hacia él y le tendió la mano. Peter, titubeante, tardó unos segundos en alargarle la suya.

—¿Padre Black? —Peter arrastró las palabras en un torpe murmullo.

Un brillo áspero, que Peter no había percibido hasta ese momento, iluminó la mirada del padre Julius.

—Ese es mi apellido, aunque nadie me llama así. Al igual que usted, prefiero utilizar mi nombre de pila. —Su tono de voz no había cambiado, pero Peter intuyó un matiz distinto agazapado en sus palabras—. Llámeme padre Julius, si no le importa

Peter asintió sin decir palabra

—Debo marcharme. Recuerde bien lo que le he dicho. Sea prudente y sobre todo tenga mucho cuidado —añadió el padre Julius Black. Sin esperar contestación, se dio la vuelta y se marchó.

Peter se quedó solo en el claustro observando las pocas huellas que aún quedaban sobre el jardín nevado. Parecía una broma de la naturaleza pero, por un momento, creyó distinguir la sombra de dos letras en aquellas huellas. Lentamente fueron borradas de la inmensa pizarra blanca que formaba el jardín, aunque quedaron marcadas en la mente de Peter hasta mucho después.

«JB».

Capítulo 7

Habían transcurrido más de dos horas desde su encuentro con Julius Black y aún se sentía inquieto. Peter estaba en su despacho, con su viejo portátil abierto y conectado al sistema informático del campus. Como miembro de la junta del consejo tenía acceso a los datos de todo el personal de la universidad, y en aquel instante estaba haciendo uso de él.

Peter parpadeó ante la pantalla y se quitó las gafas de cerca. Había estado repasando minuciosamente la ficha del padre Black tratando de encontrar algo anómalo. Black se había licenciado *cum laude* por la Universidad de Melville, en Oklahoma, y después había pasado dos años como docente en un colegio católico en Nueva Jersey. Más tarde, fue ascendido y pasó a ocupar el puesto de director de un prestigioso colegio en Manhattan, el Rosewell. Estuvo tres años en el cargo y al finalizar el cuarto pidió un traslado a un instituto de poca categoría en Greentown, un pueblecito del sur de Liverpool a más de ocho mil kilómetros de distancia.

Aquello no tenía mucho sentido. Su carrera docente había sido ejemplar, y ningún director de un colegio importante de Nueva York pediría un traslado a un pueblo perdido en las antípodas. En cualquier caso, pasó otros tres años en Greentown como profesor sustituto hasta recalar, hacía solo unos meses, en la Universidad de Coldshire.

Peter echó un vistazo al exterior a través de la cristalera. El campus estaba casi vacío y comenzaba a anochecer.

Eva, la secretaria del departamento, entró en el despacho portando una bandeja con dos tazas de café y una carpeta azul.

—Gracias, Eva. ¿Te has enterado de algo más?

—No, nadie sabe nada, y si lo saben no quieren decirlo. Además, estamos a veintidós de diciembre y ya no hay mucha gente por aquí.

Peter le había pedido a Eva que usase sus contactos para averiguar algo más acerca de lo ocurrido. Su secretaria era una mujer muy eficiente, pero sobre todo, conocía todos los entresijos de la universidad y le debían muchos favores. Peter miró el techo absorto. La sola idea de que se hubiese cometido un asesinato en el campus le ponía los pelos de punta.

—¿No vas a contarme nada? —dijo Eva, mirando la montaña de papeles esparcidos sobre la mesa.

Peter obvió su ligero tono de reproche y bebió un sorbo de café. Estaba muy amargo y cargado, como le gustaba a Eva. Él lo prefería más dulce.

—No sé gran cosa aún.

—Entonces, ¿a qué viene ese interés por el padre Julius?

Peter no le había contado todo a su secretaria. Tenía una gran confianza en ella, pero no quería involucrarla directamente, ni quería enfrentarse a su reacción ante aquella historia inverosímil.

—El padre Julius Black tiene un expediente muy atípico. —Peter optó por ofrecerle solo cierta información.

—¿A qué te refieres?

—Sus primeros años fueron meteóricos. Fue el sacerdote más joven en alcanzar la dirección de un instituto tan prestigioso.

—Bueno, tú mismo dijiste que tenía un gran expediente académico. Probablemente sea un hombre muy inteligente.

—No es eso lo que me resulta extraño. Fíjate en esto.

Peter le tendió unos papeles mecanografiados.

—No veo nada raro.

—Las notas de su expediente durante los dos años en el colegio católico de Nueva Jersey ocupan prácticamente tres hojas. Lo mismo ocurre con el periodo que pasó en Liverpool, hay una hoja y media de información.

—¿Y?

—Fíjate ahora en el periodo que pasó en el instituto Rosewell. Estuvo allí casi cuatro años, y sin embargo no hay más que una nota de apenas dos líneas en su historial.

—Tal vez las labores burocráticas en el Rosewell no fuesen muy concienzudas.

—Lo dudo mucho, es una entidad muy estricta y conservadora. Probablemente guarden el registro de las veces que alguien falta a misa.

Eva le miró escéptica detrás de sus gafas de pasta.

—Entonces, ¿qué sugieres?

Peter alzó la vista, cansado, y se frotó los ojos.

—No lo sé, pero me resulta extraña esa falta de datos. Además, a finales de su último año allí fue trasladado a otro colegio.

—Eso ocurre a menudo, Peter. Las necesidades docentes y las personales a veces no cuadran. Tú deberías saberlo bien.

—¿Pero por qué tan precipitadamente? ¿Qué pasó para que le cambiasen de colegio con el curso tan avanzado? ¿Y por qué alejarle tanto? Pasar de Manhattan a Greentown es un cambio demasiado radical.

Eva asintió con la cabeza mientras releía el informe.

—Tal vez estuviese harto de la gran ciudad.

—O tal vez ocurriese algo allí, algo que no quedase demasiado bien en un expediente académico, algo que hiciese que el padre Julius Black tuviese que cambiar de aires.

Eva elevó los hombros con indiferencia y le tendió la carpeta azul.

—Aquí está lo que me pediste. Me ha costado un poco más de lo que pensaba cruzar la información de tutores y sus alumnos. La asignación cambia cada trimestre y nuestro sistema informático se quedó estancado en la guerra fría.

Peter abrió la carpeta y leyó el informe. Era una relación de los distintos profesores con los alumnos a los que tutelaban. Al llegar al padre Julius Black, lo estudió detenidamente.

—Aquí está —dijo Peter excitado—. El padre Julius es el tutor de Anna Newman.

Eva le miró extrañada. Conocía a Anna desde hacía tiempo y le tenía mucho aprecio. Era una de las pocas alumnas que había en Coldshire. Había roto muchas barreras y se había estrellado con otras tantas.

—Debe haber un error —adujo Eva—. Anna estaba en el grupo de Paul Sawyer. Lo recuerdo perfectamente porque Paul tuvo una tutoría con ella a principio de trimestre. Él me pidió que la ayudase a gestionar una solicitud de beca alimentaria. Repasa su listado.

Peter miró el listado de Paul Sawyer y comprobó que Eva estaba en lo cierto. Anna Newman aparecía por duplicado en los informes de tutoría.

—Ya te dije que ese sistema informático está obsoleto. De todas formas, ¿qué importancia tiene que el padre Julius Black haya sido el tutor de Anna? ¿Qué está ocurriendo, Peter? Te noto muy raro.

Peter no supo qué contestar, tenía ante sí un misterio difícil de resolver. No solo no conocía la respuesta, sino que en realidad tampoco conocía la pregunta. Había visto por televisión su propio suicidio hacía solo veinticuatro horas y ni siquiera sabía el motivo. Había perdido cualquier recuerdo de los últimos cuatro meses y se movía en el pantanoso terreno de la incertidumbre. Pero recordaba perfectamente las palabras que él mismo había proferido en la bañera.

—¡Es una trampa! —había gritado, para posteriormente mencionar la palabra «Black» en varias ocasiones.

En realidad no tenía ni idea de qué trampa hablaba. Tampoco sabía si realmente se estaba refiriendo al padre Black, aunque le parecía bastante probable. Eso sí, desconocía su papel en aquel misterio, ni el de Anna Newman, si es que esta tenía algo que ver. Según el mensaje de móvil, habían quedado aquella tarde en el parque Cross y además su agenda mostraba que ambos habían mantenido muchos contactos. Ignoraba de qué habían hablado, pero creía firmemente que la chica tenía algún problema. Un problema con su tutor, que parecía ser el padre Black.

Peter abandonó sus pensamientos y se enfrentó a la mirada inquisitiva de Eva. Llevaban trabajando juntos quince años, y se apreciaban y respetaban mutuamente.

—No sé lo que está pasando Eva, pero voy a averiguarlo. Tienes que confiar en mí y hacerme un favor. Necesito que consigas el informe de los años que el profesor Julius Black pasó en el colegio de Manhattan, quiero saber por qué le trasladaron de improviso a ocho mil kilómetros de distancia.

Eva le estudió un instante con expresión seria y finalmente se rindió.

—Está bien, haré lo que pueda. Pero tienes que prometerme que no te meterás en ningún lío.

—Yo también haré lo que pueda —dijo Peter con la mitad de una sonrisa.

Eva abandonó el despacho y cerró la puerta. A los pocos segundos Peter escuchó el murmullo de su voz a través de la plancha de roble. Sonrió al oír la palabra «Rosewell» en la conversación que su secretaria mantenía al teléfono. Eva ya se había puesto manos a la obra.

Y él tenía que hacer lo mismo. Peter abrió un cajón y sacó el sobre en el que había guardado las extrañas notas que había encontrado en su agenda. Las esparció por la mesa y comenzó a estudiarlas una a una. Eran doce en total.

Peter se centró en una de ellas y escribió su contenido en una página en blanco.

«131120-092130 A»
«40486347-3757736 N»

Estaba convencido de que había un significado detrás de aquellas series de números sin sentido aparente. En principio pensó que se podían tratar de cuentas bancarias, pero todos sus intentos de hallar un banco inglés o europeo con esos códigos resultaron infructuosos. Después comprobó con la base de datos del departamento de tráfico si podían tratarse de matrículas de vehículos. Resultado negativo.

Entonces recordó los viejos sistemas de mensajes cifrados y decidió probar suerte. Tal vez se tratase de un código numérico convertible a letras, en el que cada número o combinación de números se correspondiese con una letra. Estuvo probando distintas combinaciones durante más de media hora con resultados poco alentadores. «Tocadiscos», «bombero» o «crujidos» fueron una pequeña muestra de las pocas palabras que había conseguido extraer.

Peter decidió centrarse en otros aspectos. Tachó el guión y estudió de nuevo la primera fila. En todas las notas había cuatro caracteres iguales: 20 09.

Peter se frotó los ojos, abatido. Podía tratarse de cualquier cosa, desde resultados deportivos hasta los números ganadores de algún sorteo de lotería.

Pero de repente lo vio claro. La primera fila tenía un sentido concreto, al menos los ocho primeros dígitos.

«131120-092130»

Aquellos números se podían descomponer de la siguiente forma: 13 / 11 / 2009.

Trece de noviembre de dos mil nueve. El guión que separaba el veinte del nueve era lo que le había confundido hasta entonces. Peter revisó las once notas restantes y aplicó las mismas reglas. Todas aportaban fechas coherentes. No había ningún cuarenta de junio, ni ningún mes más allá de diciembre. Y aún había más, todos los días se encontraban dentro de aquellos cuatro meses en los que no conseguía recordar nada.

Los últimos cuatro números de la fila debían indicar algo más. Peter miró el reloj y comprobó que ya eran las cinco de la tarde. Llevaba más de dos horas investigando aquellas notas.

¡Pues claro, de eso se trataba!

Los últimos cuatro dígitos podían indicar una hora en concreto dentro de un día. Así, el número 2130 se convertía en las nueve y media. De nuevo todas las filas arrojaron un resultado coherente. Algunas de ellas eran por la mañana, la más temprana a las ocho y media. Pero la mayoría eran por la noche, entre las siete de la tarde y las once.

Peter, excitado, cogió las notas y las fue colocando en la agenda, cada una en su día correspondiente. Tenía una corazonada. La primera nota le dio la razón, al igual que la segunda. Pero al colocar la tercera, sus esperanzas se esfumaron. Lo mismo sucedió con todas las demás, excepto con la décima.

Había creído erróneamente que en esos días encontraría citas o llamadas de Anna Newman, pero no fue así. Solo coincidían en tres ocasiones. Peter revisó de nuevo las doce hojas de la agenda indicadas por las fechas. En septiembre solo había un día marcado, en octubre eran dos, en noviembre aumentaban a tres, mientras que las seis restantes tenían lugar en diciembre.

Peter se fijó en algo muy curioso. En todas las hojas correspondientes a aquellas fechas, su caligrafía se hacía irregular y variable, acentuándose cada vez más. En los seis días correspondientes al mes de diciembre, su escritura empeoraba claramente y en la última fecha se hacía casi irreconocible. Se trataba del veinte de diciembre, un día antes de su intento frustrado de suicidio.

Peter estaba considerando la validez e implicaciones de su descubrimiento cuando unos ruidos en la sala contigua le sobresaltaron.

—No pueden entrar así sin más. —Era la voz de Eva, visiblemente alterada.

—Apártese —le respondió con brusquedad una voz masculina. Peter no la reconoció.

La puerta de su despacho se abrió, dejando paso a un hombre fornido de unos cincuenta años y grueso bigote. Una joven, con el pelo recogido en una coleta, iba un paso por detrás. Pese a las prendas de abrigo con las que se cubría se podía apreciar que estaba embarazada. Peter se sorprendió enormemente al reconocerla.

—¿Peter Jessy Syfo? —preguntó el desconocido.

—Soy yo. ¿En qué puedo ayudarle?

El hombre dio un paso adelante y le mostró una placa dorada. Peter la leyó en silencio. «Teniente Tom Nielsen, Policía de Coldshire».

—Peter Jessy Syfo, queda detenido por el asesinato de Anna Newman.

Capítulo 8

Peter soltó los barrotes de hierro e inspeccionó preocupado el interior de la pequeña celda. Un camastro duro y un pequeño lavabo conformaban el único mobiliario del que disponía. Había pasado una noche horrible y se sentía como si fuese el protagonista de una pesadilla, pero el contacto frío del metal le hacía ver que todo era terriblemente real. Peter miró al techo y cerró los ojos, pero las imágenes de lo ocurrido hacía veinticuatro horas se negaban a huir de su cabeza.

Al ponerle las esposas, el teniente Nielsen le había mirado con los ojos desprovistos de más emoción que una fría determinación. Peter los había soportado estoicamente. Su secretaria Eva se había quedado de piedra al oír la acusación, pero enseguida reaccionó indignada y se enfrentó con el policía. Peter trató de tranquilizarla sin demasiado éxito hasta que un agente de paisano se la llevó del despacho.

Lo más duro fue descubrir la mirada escrutadora y firme de la acompañante del teniente Nielsen. Era una mujer joven y visiblemente embarazada. El pelo, corto y moreno, enmarcaba un rostro de rasgos ligeramente asiáticos. Tenía los labios gruesos y sensuales, aunque en aquel momento se encontraban cerrados formando una línea recta.

Se trataba de Pol, aunque su nombre completo era Susan Polansky. Susan había sido una de las mejores alumnas que había tenido durante toda su carrera docente. Peter había visto en ella un talento natural para la medicina y la había tratado como si fuese de su propia familia. De hecho, la relación entre ambos había ido mucho más allá que la habitual entre profesor y estudiante.

Al licenciarse Susan, Peter había albergado la esperanza de que la joven trabajase para una organización médica de la Iglesia, de la que él era uno de los máximos responsables. Pero entonces sucedió algo inesperado que les apartó. A veces, los jóvenes tendían a malinterpretar los sentimientos. Peter se culpaba por no haber previsto que algo así podría suceder entre ellos.

Así que Susan decidió cambiar de aires y obtuvo una plaza en el cuerpo forense de la policía. Desde entonces, su relación se había ido enfriando poco a poco y ahora apenas sabían el uno del otro. Su contacto se limitaba a una llamada de cortesía al año y al envío de una postal de felicitaciones cada Navidad.

Cuando Susan le miró en su despacho, Peter pudo leer una pregunta en los ojos de la joven. Pero se quedó paralizado, sin saber qué responder. No recordaba lo que había pasado la noche anterior, tan solo sabía que en su agenda figuraba una cita con la malograda Anna Newman. Susan estaba esperando un gesto, una señal que le permitiese reconocer que el hombre al que había conocido y querido no era un asesino. Pero Peter ni siquiera se movió y cuando quiso reaccionar, Susan había abandonado ya el despacho.

De camino al coche patrulla, esposado y escoltado, Peter se había cruzado con el padre Julius Black. La expresión de su rostro era impenetrable, aunque observó un matiz extraño en su mirada. ¿Diversión? ¿Culpa?

Peter estaba confuso y asustado. Le acusaban del asesinato de Anna Newman y las pruebas parecían apuntar hacia él. Pero lo peor era la incertidumbre, no sabía qué había ocurrido ni si había tenido algo que ver en la muerte de la chica.

Poco después de llegar a comisaría, recibió la visita del abogado de la universidad. Le aconsejó que se negase a declarar y que esperase a la llegada de un equipo de expertos juristas que estaban en camino. Al parecer, el padre O'Brian había movilizado a la flor y nata del aparato legal eclesiástico.

El ruido de una puerta abriéndose al otro extremo del pasillo le devolvió a la realidad de su celda. Unas voces se aproximaban hacia allí. Transcurrieron unos segundos antes de que la puerta se abriera dando paso a un policía corpulento. Detrás, Marta Miller empujaba a un anciano en una silla de ruedas.

—Tienes visita —dijo el carcelero.

—¡Michael! —exclamó Peter emocionado.

La luz de la lámpara dio de lleno sobre Michael O'Brian y Peter se quedó sin habla al comprobar el aspecto que presentaba el rector enfermo. El antes fornido sacerdote se había convertido en poco más que un montón de huesos recubiertos de piel cerúlea y estirada. Las manos le temblaban sobre el regazo y solo la fuerza que irradiaban sus ojos negros indicaba que se trataba de la misma persona.

—Buenos días, Peter. No tienes que fingir conmigo, sé de sobra que no estoy en mi mejor momento —dijo afable el rector, al notar que Peter trataba de recomponer su expresión—. Pero de nada vale lamentarse, así que vamos al grano. ¿Qué ha ocurrido, muchacho?

Peter se sentó en el camastro junto a la silla del rector y este le tomó la mano. Tenía unas ganas infinitas de llorar, quería contarle al padre O'Brian como se sentía, describirle la incertidumbre que le corroía por dentro y que apenas le dejaba respirar. Pero no quería inmiscuir al rector en ningún asunto que pudiese empeorar su ya delicada salud.

El padre O'Brian le apretó la mano con fuerza y Peter cedió al llanto. Los tres minutos siguientes los pasaron en silencio, consolándose en el mudo apretón de manos. Cuando se hubo recuperado, Peter relató los hechos tal y como los recordaba, sin omitir ni un solo detalle. El padre O'Brian no pareció alterarse por el increíble relato que estaba escuchando. Parecía creer cada palabra de Peter y tomárselo muy en serio. Al escuchar el pasaje del extraño símbolo grabado en su agenda, el padre O'Brian abrió mucho los ojos, aunque no hizo ningún comentario.

—Y no recuerdas absolutamente nada desde el inicio del curso... —afirmó O'Brian.

—Es difícil de creer Michael, pero es la verdad.

—He estado hablando con el teniente Nielsen. Es un tipo frío y reservado, pero he conseguido averiguar lo más importante. Parece que los curas le damos alergia, pero ya encontraremos su punto flaco —dijo O'Brian más para sí mismo que para los demás presentes.

El rector sacó un paquete de cigarros y trató de encenderse uno, pero su pulso le traicionó.

—Marta, por favor —pidió con voz firme.

—Pero el médico ha dicho que…

—El médico puede decir lo que quiera. El poco tiempo que me quede lo voy a vivir a mi manera —dijo sonriente—. Volvamos a lo que nos ocupa, Peter. Voy a ser franco, esto no pinta nada bien. El teniente Nielsen ha confirmado que un testigo vio a un hombre alto y corpulento abandonando la escena del crimen poco después de que este se cometiera. No lo puede asegurar, pero cree que iba vestido como un sacerdote, con ropa negra y alzacuello. Y ese no es tu estilo —añadió con una nota de esperanza.

Y así era, casi nunca vestía como un sacerdote, pero Peter recordó sus ropas mojadas y de nuevo le asaltó una punzada de duda.

—He comprobado que aquel día di la misa de las cuatro en la parroquia de Sheford, por lo que vestía pantalón, chaqueta negra y el alzacuello —reconoció Peter.

O'Brian asintió impasible y le dio otra calada a su cigarro.

—Nielsen lo debe saber, aunque en realidad eso es lo que menos me preocupa. ¿Qué hay de tu relación con la chica? —preguntó abiertamente.

—Anna y yo nos llevábamos muy bien. Yo la ayudaba mucho más de lo normal, sabes que era una de mis alumnas favoritas —respondió Peter.

El padre Michael O'Brian le escrutó pensativo a través de la columna de humo.

—Nielsen me ha dicho que la habías llamado más de veinte veces en solo dos semanas.

—Ya te he contado el motivo. Anna no se encontraba bien, tenía problemas y yo era su válvula de escape.

—He estado haciendo averiguaciones por el campus, Peter. La gente rumoreaba sobre vosotros.

—Ya sabes cómo funciona esto. Si tuviésemos que hacer caso a una décima parte de los rumores, todos nosotros estaríamos en la cárcel por acoso, violación o pederastia. Somos un blanco fácil.

—¿Tenías una cita con ella en el parque esa misma noche? —preguntó el rector impasible.

—Sí.

O'Brian mantuvo un tenso mutismo mientras apuraba su cigarrillo.

—Vamos, Michael, no había ninguna relación sentimental entre nosotros. Tú mejor que nadie sabes que eso es del todo imposible.

Marta, que había permanecido callada en todo momento y algo alejada de él, se revolvió incómoda en la esquina. «Antiguos fantasmas», pensó Peter; probablemente habría recordado algún episodio embarazoso de su juventud.

El padre O'Brian hizo un esfuerzo y se levantó renqueante de la silla. Marta hizo además de ir a sostenerle, pero el rector la cortó con un gesto seco.

—Te creo y confío plenamente en ti, Peter. Te conozco desde que eras poco más que un niño y sé que serías incapaz de hacer algo así.

—Gracias, Michael —dijo Peter sinceramente.

—El Señor ha puesto una piedra en tu camino, pero lo que en realidad quiere es que la saltes y sigas hacia delante.

El padre O'Brian se acercó a él y le dio un abrazo. A Peter se le hizo un nudo en la garganta. Conocía perfectamente al padre O'Brian y tenía la certeza de que estaba diciendo la verdad. Le creía inocente del asesinato de Anna y eso era lo único que contaba para él. Al menos alguien confiaba en él.

—Pero no tienes coartada y no recuerdas nada de lo ocurrido en los últimos meses —continuó O'Brian separándose de él—. Nuestra posición es más que precaria, así que debemos actuar con rapidez y contundencia.

—Deberíamos tratar de reconstruir los hechos y averiguar qué ocurrió aquella noche —apuntó Peter.

—He contactado con el bufete de abogados que llevan nuestros asuntos más… espinosos —dijo O'Brian escogiendo cuidadosamente las palabras—. Son discretos y muy eficaces. Ellos se ocuparán de todo.

—Me parece correcto —dijo Peter algo más tranquilo.

—Además quiero que te examine el doctor Bauer en cuanto la situación lo permita. Es un gran amigo y un eminente psiquiatra. Me gustaría que estudiase tu extraña amnesia.

Peter asintió. A él también le parecía una buena idea. Lo cierto era que la sola presencia de O'Brian, incluso mermado de fuerzas, le reconfortaba. Pero aún quedaba un asunto clave en el tintero.

—Hay algo importante que necesito saber, Michael. —Las palabras parecían pesar toneladas—. ¿Cómo murió Anna? —logró decir Peter.

El padre O'Brian le sostuvo la mirada unos segundos antes de contestar con voz firme.

—Le cortaron la yugular, pero antes de eso la violaron.

Peter, presa del horror, quiso gritar, pero su garganta no logró emitir sonido alguno. La voz del padre O'Brian le llegó amortiguada.

—Lo más seguro es que pidan una muestra de tu ADN para compararlo con los restos que haya podido dejar el asesino. Estoy convencido de tu inocencia, así que pese a lo que te digan los abogados, no te niegues. ¿Entendido?

Peter asintió como un autómata.

—Además, el loco que lo hizo le marcó el cuerpo con un hierro candente —continuó el rector O'Brian—. La cicatriz tenía una forma extraña, era algo similar a un ocho alargado. Exactamente igual que el símbolo que tú has descrito.

Capítulo 9

Peter se removió inquieto en la silla. Tenía los ojos hinchados y las esposas le molestaban al rozar sus muñecas heridas. Había pasado su segunda noche en prisión y la situación se hacía cada vez más insoportable. La incertidumbre estaba minando poco a poco sus mermadas fuerzas.

Era veinticuatro de diciembre, sin duda la peor Nochebuena que había pasado en toda su vida. Aunque no era un gran consuelo, al menos no tenía una familia a la que explicarle que no podría pasar aquel día tan señalado con ellos por encontrarse en la cárcel, acusado de violación y asesinato.

A petición del padre O'Brian y en contra de la opinión de sus abogados, Peter no había puesto ninguna objeción a la prueba de ADN solicitada por la policía. Ante todo necesitaba conocer la verdad. Aquella misma mañana le habían extraído una muestra, lo que apenas duró unos segundos. Al finalizar, el doctor le aseguró que sabrían los resultados muy pronto. Pero Peter no había esperado que los tuvieran esa misma tarde.

La sala era grande y bien iluminada, incluso acogedora. A decir verdad, se hacía difícil pensar que aquella habitación se utilizase con un fin tan alejado de su aspecto. Al otro lado de la mesa de interrogatorios, el teniente Nielsen abría con tranquilidad un sobre mientras se encendía un cigarrillo. Peter, nervioso, dejaba que sus ojos se escapasen hacia las letras mecanografiadas del informe, en busca de algún indicio de su contenido.

—Es difícil —dijo el inspector Nielsen mientras releía el informe.

Al ver que Peter permanecía en silencio Nielsen continuó hablando.

—Es difícil saber qué puede llevar a un hombre normal a cometer un crimen. A asesinar a otra persona y a tener la sangre fría de esconder el cadáver. ¿No cree?

Peter se mantuvo firme, sosteniendo la dura mirada del inspector. No solía tener prejuicios con la gente, pero aquel hombre sudoroso de aspecto porcino le desagradaba profundamente.

—Y más si ese asesino es un sacerdote —añadió Nielsen dejando el informe sobre la mesa.

Peter estuvo a punto de derrumbarse. Aunque no sabía qué había ocurrido la noche del crimen, tenía el convencimiento de que no era culpable de la muerte de Anna Newman. No le cabía en la cabeza que pudiera haber hecho algo semejante. Pero la duda se negaba a perder la batalla y siempre encontraba un resquicio por el que colarse. Aun así Peter se mantuvo erguido esperando la conclusión durante unos segundos que se le hicieron interminables.

—El examen de ADN ha sido negativo —dijo el inspector Nielsen sin quitarle el ojo de encima.

Peter se quedó momentáneamente aturdido ante sus palabras. Después, una inmensa sensación de alivio le inundó; no había tenido nada que ver con la muerte de Anna Newman. Pero pudo detectar un matiz de fastidio en la voz del inspector, era muy probable que su primer y mejor sospechoso fuese él. Además, Nielsen acababa de insinuar que el asesino era un cura y Peter había asumido que el informe de ADN le señalaba a él como culpable. Pero no era así. El inspector le había hecho pasar un mal rato montando aquella pantomima. ¿Cuál era su objetivo? ¿Simplemente regodearse con su padecimiento o tal vez estudiar su reacción?

—¿Entonces puedo irme? —preguntó Peter tan fríamente como fue capaz.

—Sí, es usted libre. Pero no se vaya demasiado lejos, no quiero perderle tan pronto de vista. Y recuerde que ese ejército de abogados no le va a cubrir siempre las espaldas.

El alivio que sentía superaba con creces su ira, pero de todos modos estuvo a punto de replicar airadamente al inspector. Finalmente optó por darse la vuelta y abandonar la sala sin mirar atrás. «Ya habría otra ocasión mejor», pensó. Ahora tenía que centrarse en su objetivo principal y no quería que su ya mala relación con la policía se deteriorase aún más.

Además, Peter estaba convencido de que su intento de suicidio estaba relacionado con el asesinato de Anna Newman. Estaba dispuesto a encontrar al culpable y tal vez necesitase la colaboración del inspector.

Al salir de la comisaría, uno de los abogados del «ejército» del rector O'Brian, acudió a recogerle. Ya era de noche, llovía a cántaros y Peter tenía el coche aparcado en su casa. El hombre se disculpó por la ausencia del rector y se mostró muy solícito en todo momento. A medio camino, el teléfono de Peter sonó en su bolsillo. Se trataba del padre O'Brian.

—Enhorabuena, muchacho —dijo el rector exultante.

—Gracias, Michael, te agradezco enormemente todo lo que has hecho por mí.

—No ha sido nada. Eres inocente, era solamente cuestión de tiempo que te dejaran en libertad.

—El teniente Nielsen no parece ser de esa opinión. Creo que sigue sospechando de mí.

—No te preocupes por eso. Nuestros abogados han sido contundentes al respecto. No toleraremos el más mínimo indicio de acoso hacia tu persona y hemos exigido que nada de esto trascienda a los medios de comunicación. Alguien muy importante en Roma ha hecho unas llamadas y ha apretado un par de tuercas.

—No era necesario.

—Claro que lo era. Eres uno de los mejores activos de la Iglesia en estos momentos. No podemos dejar que este caso arruine tu reputación. Creo que lo mejor sería volver a la normalidad. Que vean que no estás nervioso ni preocupado, y que retomas tus actividades y compromisos cotidianos.

—Eso puede ser algo más complicado, pero lo intentaré.

Antes de despedirse, el padre O'Brian le arrancó la promesa de que asistiría a una entrevista de televisión que tenían pactada para el veintinueve de diciembre. Peter la hubiese cancelado gustosamente; tenía que acudir con la vestimenta oficial, alzacuello incluido, y defender la postura de la Iglesia en el espinoso tema del uso del preservativo. Pero no podía negarse a aquella petición de O'Brian y menos teniendo en cuenta el estado de salud del rector.

El abogado, reconvertido en chófer, le dejó frente a la puerta de su apartamento y le recordó que al día siguiente tenía una cita con el doctor Bauer. Peter abrió el paraguas y se encaminó al edificio esquivando los charcos de agua. La calle estaba muy oscura. Las dos farolas que iluminaban la entrada del bloque de viviendas estaban apagadas. Mientras subía las escaleras, una sombra rompió la cortina de agua y se acercó a él.

—¡Pol! —exclamó el padre Peter al reconocer a la figura empapada.

Susan Polansky, su antigua alumna y ahora inspectora de policía, le miraba fijamente bajo la lluvia.

—Hola, Peter. Prefiero que me llames Susan, si no te importa. Entremos dentro, es muy tarde y hace un frío de mil demonios.

—Claro —logró decir Peter.

Se sentía extrañamente decepcionado, habían pasado solo unos años desde la última vez que se vieron, pero parecía que una distancia insalvable les separaba.

Susan le siguió hasta su apartamento sin despegar los labios.

—Estás muy bien Susan —dijo Peter sin poder evitar que su vista se detuviese unos segundos en la barriga de la joven.

—Y muy embarazada —contestó ella—. Pero lo llevo honrosamente.

—Tienes que cambiarte de ropa, estás empapada.

Peter la hizo pasar al baño y la proveyó de toallas y ropa seca. La sudadera de correr de Peter le quedaba enorme, pero al menos evitaría coger una pulmonía. Además, Susan tuvo que dar varias vueltas al bajo de los pantalones para poder verse los pies. Peter preparó café y se sentaron en el suelo, junto al fuego de la chimenea. Intercambiaron un par de frases corteses antes de que la joven inspectora entrase en materia. Así era Susan, algo ruda y muy directa.

—¿No recuerdas nada de aquella noche? —dijo Susan tras la taza humeante.

Peter negó con la cabeza.

—No recuerdo nada de los últimos cuatro meses, Pol. Sé que es muy extraño, pero es la verdad.

—¿Tú y esa chica estabais juntos?

—No, de eso estoy seguro. Aunque no pueda recordarlo, sé que no había nada entre nosotros más allá de una buena amistad.

—Peter, ¿me juras ante Dios que no tienes nada que ver con todo esto?

—Lo juro.

—Bien. Voy a descubrir la verdad, Peter y espero que no me estés mintiendo. Voy a jugar unas cuantas bazas arriesgadas y no quiero salir apaleada en un caso perdido.

Un silencio incómodo cayó sobre el salón. La lluvia golpeaba con fuerza la ventana dibujando senderos errantes sobre el cristal.

—¿Es cierto que la violaron antes de asesinarla? —preguntó Peter vacilante.

—La víctima tenía un desgarro vaginal, pero la cantidad de semen encontrada en la autopsia es anormalmente escasa.

—Puede que la violación no se llegase a consumar completamente —apuntó Peter.

—Es posible. Pero según las pruebas forenses, el desgarro tampoco parece el habitual en una situación de este tipo. Hay algo fuera de lugar en todo esto, por eso he venido a verte. La chica no presentaba los signos de violencia habituales en una violación. Creo que conocía a su asesino y no se sentía amenazada por él.

—¿Hay algún sospechoso? Aparte de mí quiero decir —dijo Peter con una sonrisa.

Susan le miró dubitativa.

—Eso es información confidencial.

—Vamos, Pol, alguien ha violado y matado a Anna Newman y me han acusado a mí de ello. No voy a quedarme de brazos cruzados mientras el asesino sigue libre.

Susan le miró un instante y un brillo indefinible destelló en sus ojos.

—Te contaré un par de cosas si dejas de llamarme Pol. No me trae buenos recuerdos.

Peter asintió seriamente volviendo a sentir una punzada de remordimiento. Era evidente que Susan seguía dolida.

—Estamos investigando al profesor Lommon —dijo Susan.

—¿A Lommon? —se extrañó Peter. Era uno de los pocos profesores que no pertenecían a la Iglesia. Rondaba los sesenta años y tenía una mujer insoportable, pero no le creía capaz de matar una mosca—. ¿Por qué motivo?

—Era profesor de Anna Newman. Su compañera de piso nos ha contado que ella estaba algo molesta con Lommon. Parece ser que el profesor se le insinuó en más de una ocasión.

—Tú también tuviste a Lommon de profesor, Susan. Con dos pintas de cerveza encima se insinuaría a un luchador de sumo si le tuviese delante. Es un pobre hombre con problemas conyugales, nada más.

—No tiene coartada para esa noche. Salió del bar media hora

antes del asesinato y supuestamente se fue a su casa. Una vecina le vio tres horas más tarde llegando con la ropa sucia y muy acalorado —replicó Susan.

—Eso no prueba nada.

—Cierto, pero después de descartarte a ti le detuvimos. Ahora está en prisión preventiva, a la espera de que Nielsen decida qué hacer con él.

Peter meditó la repuesta. Desde luego que si Lommon estaba detrás de aquello estaría realmente sorprendido.

—¿No hay ningún otro sospechoso?

—En realidad Lommon es solo una opción, también estamos comprobando las coartadas de varios alumnos. —Susan se quedó callada un instante y después añadió con franqueza:— También estamos buscando a Francis Mason.

Escuchar aquel nombre no le sorprendió. Francis Mason era un estudiante de Medicina, compañero de Anna Newman en el equipo de remo. La antipatía mutua que se profesaban era de conocimiento público.

Francis Mason siempre había hecho todo lo posible para ponerle piedras en el camino. Era uno de los remeros del equipo de la universidad y no había visto con buenos ojos que Anna Newman se hiciera con el puesto de timonel en detrimento de Andy Márquez, un buen amigo de Francis. Se rumoreaba que la relación entre Francis y Andy iba más a allá de la simple amistad y que por ese motivo habían echado a Andy del equipo.

Pero Peter sabía que aquello no era cierto. Él formaba parte de la dirección del equipo de remo y nunca habría permitido algo así. Habían decidido sustituir a Andy porque no estaba suficientemente motivado para el puesto. Para el joven, el remo era solo un entretenimiento más, y el equipo necesitaba a gente realmente implicada. Y ese era el caso de Anna Newman.

Era cierto que habían recibido insinuaciones y alguna presión aislada por parte de un miembro reaccionario del claustro para prescindir de Andy. Pero siempre habían hecho caso omiso y tomaron la decisión basada en criterios estrictamente deportivos. Las tendencias sexuales de Andy o la de cualquier otro alumno le parecían una opción personal completamente respetable. En ese y en otros muchos asuntos, Peter estaba en profundo desacuerdo con las tesis de la Iglesia.

Conclusión: Francis Mason no soportaba a Anna Newman, pero Peter nunca habría sospechado que aquel odio fuese suficiente para cometer un asesinato. Si había sido así, la culpa podía recaer en parte sobre él mismo, ya que había ayudado a crear aquella situación.

—¿No le habéis encontrado? —preguntó Peter.

—No. Desapareció la mañana siguiente al crimen. Tenía un billete para Londres pero no cogió el tren. Y ahí se pierde su rastro. Hemos emitido una orden de busca y captura a escala nacional pero de momento no hemos obtenido resultados. Es como si se le hubiese tragado la tierra.

Peter meditó aquello unos instantes. Había un pequeño refugio, poco más que una cabaña, cerca del lago Blithfield. Era un sitio de difícil acceso e ideal para esconderse. Francis y algún que otro alumno iban allí de vez en cuando a entrenar y a divertirse.

Peter estuvo tentado de contarle aquello a Susan, pero si Francis se encontraba allí, quería hablar con él antes de que la policía lo detuviese. Si no, no tendría opción de hacerlo. Además, aunque no sabría explicar por qué, tenía la impresión de que el joven no tenía nada que ver con aquello. Al día siguiente, probaría suerte con Francis Mason. En cambio, estaba convencido de la implicación de otro personaje en aquel asunto.

—¿Y qué hay del padre Black? —inquirió Peter.

—¿Qué ocurre con él? —replicó Susan arqueando una ceja.

—Julius Black era el tutor de Anna Newman.

—Cierto, pero hemos verificado su coartada. Poco antes del crimen estaba en Fenton, a más de quince kilómetros del lugar de los hechos. Solo podría haber llegado allí conduciendo como un loco por una carretera secundaria llena de nieve. Además, el padre Black no tenía ningún motivo para matar a la chica, al menos que sepamos.

Peter no tenía ningún argumento para rebatir la respuesta. En realidad, desconocía si Julius Black tenía algún motivo para asesinar a Anna Newman. Pero aquella frase pronunciada en la bañera... Cada vez que la recordaba se estremecía.

Entonces se le ocurrió algo. Abrió su libreta y fue pasando las hojas hasta hallar lo que buscaba.

—Fíjate en esto —dijo Peter, señalando un párrafo subrayado en amarillo. Hacía referencia a una visita que Anna Newman le había hecho al padre Black. Uno de los *post it* con las extrañas secuencias de números estaba adherido a la misma página, algo más abajo.

Susan leyó durante unos instantes y le miró impertérrita.

—No veo nada raro. Si el padre Black era su tutor es normal que tuviesen citas de seguimiento.

Peter pasó unas cuentas páginas más.

—Mira lo que pone aquí.

Junto a otro *post it* había una frase subrayada. Peter la leyó en voz alta.

—«Anna está muy inquieta. Algo la turba profundamente, pero insiste en que no le ocurre nada. Evidentemente me oculta algo. Su comportamiento es muy extraño».

Susan se encogió de hombros.

—¿Y? —preguntó.

—Ese día Anna estuvo hablando con el padre Black —insistió Peter.

—Eso es menos que nada —le rebatió Susan—. No existe ningún vínculo que te permita relacionar esa visita con su estado de ánimo. Y aunque lo hubiese, tampoco implicaría nada.

Peter rebuscó de nuevo en la agenda y le mostró otro párrafo más. Solo dos días después de la cita anterior, Peter había vuelto a anotar algo sobre Anna. De nuevo había un *post it* colocado en aquella página.

«Sigue en el mismo estado de ansiedad. Pero esta vez ha estado cerca de contarme lo que le ocurre. Sé que quiere hacerlo».

Más abajo y resaltado en rojo se leía lo siguiente:

«Otra visita a su tutor».

El semblante de Susan reflejaba algo más de interés, aunque sus palabras fueron contundentes.

—Sigue sin ser nada, Peter. Pero ¿por qué has colocado los *post it* en esas páginas? Me has contado que los encontraste al final de la agenda.

Peter ya se había fijado en que aquellos pedazos de papel cargados de números habían llamado la atención de la policía.

—Creo que cada uno indica una fecha y una hora concreta. Los he repartido por la agenda según esa regla y este es el resultado —dijo Peter mientras le mostraba la libreta.

Susan frunció el ceño y estudió los números detenidamente.

Peter sabía que le gustaban los acertijos y los enigmas. Ese era uno de los motivos por los que la joven había decidido ingresar en el cuerpo de policía.

—Es una buena suposición —dijo Susan tras estudiar las notas—. Todas parecen encajar correctamente con fechas y horas. Y todos los días se encuentran dentro de ese periodo negro de tu memoria, ¿verdad?

Peter asintió. Susan tenía una mente clara y observadora.

—¿Qué significará la otra fila de números? No son fechas —dijo Susan.

—Aún lo desconozco.

—¿Y las letras al final de cada fila? A y N.

—Tampoco lo sé —dijo Peter.

—Tal vez sean unas iniciales. ¿Anna Newman?

Peter se quedó sorprendido ante la simpleza del razonamiento y sus posibles implicaciones. Hasta ahora había visto las dos letras como independientes entre sí, dado que estaban en filas distintas. Creía que cada letra estaba relacionada con la cadena de números a la que acompañaba y había tratado de darles otra explicación.

Peter sintió un escalofrío al recordar un hecho acontecido hacía menos de media hora. Mientras regresaba a casa con aquel abogado como chófer había estado estudiando su libreta. En la última página del libro, escritas sobre la esquina de la hoja, había encontrado otras dos filas de números acompañadas cada una de una letra. La fecha que marcaba la primera fila era la del veinte de diciembre, un día antes de la muerte de Anna Newman.

Los números estaban escritos por su propia mano, pero había un par de diferencias más con el resto de notas. La segunda fila tenía tres números más de lo normal. Además, las letras que acompañaban las secuencias numéricas eran distintas.

Se trataban de una P y una S.

Peter le mostró aquella anotación a Susan y se miraron con reconocimiento. A ninguno se le escapó el posible significado de aquellas letras.

Peter Syfo.

Capítulo 10

Susan Polansky se encontraba en un despacho que había tomado prestado en el segundo piso de la comisaría. Trataba de decidir cuál sería su siguiente paso, pero no lo tenía nada claro. Susan miró por la ventana y contempló los tejados y los árboles nevados. Parecía una postal navideña, lo cual era bastante oportuno. Eran las once y media de la noche del veinticuatro de diciembre. En menos de media hora sería Navidad.

Al abandonar el piso de Peter, en vez de enfilar directa a su pequeño motel, se había dirigido a un Seven Eleven. Había comprado dos sándwiches dobles de pollo, una bolsa grande de patatas fritas y una botella de Coca Cola de dos litros. Una de las mejores cenas de Nochebuena que recordaba.

Susan había dado cuenta de todo ello en menos de quince minutos y aún así seguía teniendo hambre. Su figura no lo agradecería, pero Paula, y sobre todo ella misma, necesitaban esos excesos. Sabía que no tenía sentido pero creía que el estado emocional de la pequeña, si es que tenía alguno, mejoraba con aquellos atracones. Además, se concentraba mejor cuando consumía grandes cantidades de comida basura, aunque en aquella ocasión no le estaba dando grandes resultados.

Susan dejó a un lado los restos del festín ultra calórico y se concentró en sus anotaciones. Por tercera vez aquella noche, rememoró la última parte de la increíble conversación mantenida con Peter. Al principio estuvo a punto de llamar al manicomio para que se llevasen a aquel chiflado embutido en una camisa de fuerzas, pero poco a poco, su asombrosa historia fue calando en ella.

—Estoy desconcertado, Susan —había dicho Peter, tocándose el pelo negro—. Sé que hay algo más detrás de todo esto. Ahora mismo yo debería estar muerto.

—Tiene que haber una explicación Peter, los milagros no

existen.

—Estuve varios minutos dentro de aquella bañera con las muñecas abiertas. Debí haberme ahogado o desangrado... o ambas cosas —repuso Peter mostrándole de nuevo las cicatrices de sus muñecas.

—Tal vez te lo imaginaste todo o tal vez te drogaron... o ambas cosas —replicó Susan.

Peter negó con la cabeza, aunque guardó silencio.

La historia era increíble y absurda, pero las terribles heridas que Peter presentaba, y sobre todo la expresión de su rostro, le hacían dudar.

—¿Tienes la cinta de vídeo? —preguntó Susan.

—No, me fui de allí en estado de *shock*. No pensaba con claridad.

—Tenemos que volver y recuperarla. Además, podremos investigar el lugar y encontrar más pruebas, si las hay.

—Ni siquiera recuerdo dónde estaba el piso, solo sé que estaba en un barrio del centro de Birmingham. Fue todo como una pesadilla.

Peter había vacilado antes de contestar. Susan no supo si la duda era consecuencia de su intento por recordar o si trataba de ocultar algo. La segunda alternativa no le pareció nada descabellada.

—Sé que te parecerá una locura, Susan, pero creo que Dios me ha dado una segunda oportunidad. Me salvó de mí mismo.

Susan torció el gesto.

—¿Un milagro? Joder, Peter, óyete. Tú siempre has sido una persona moderada. ¿Y por qué haría Dios algo así? ¿Por qué permitiría que te suicidases para luego salvarte?

—No lo sé. Pero creo que quiere algo de mí. Tal vez, alguien me ha tendido una trampa, tal vez me han hecho creer algo que me llevó a suicidarme. —Peter miró al suelo y se produjo un pequeño silencio. Después levantó la vista hacia Susan y continuó hablando en voz baja.

—Cuando me detuvieron por el asesinato de Anna Newman, pensé por un instante que era culpable. Creí que yo la había matado y que por eso me había intentado suicidar. No recordaba absolutamente nada de los últimos cuatro meses y no sabía qué había ocurrido para llegar a aquella situación. No me creía capaz de hacer algo así, sé que no soy capaz. —Su voz se quebró ligeramente—. Pero dudé. Dudé y creí que Dios me había salvado de mi suicidio solo para hacerme pagar por mi culpa, para castigarme y condenarme en la tierra antes de mandarme al infierno.

—Sí, un concepto muy bíblico del Dios vengador. Muy del gusto de los clásicos y de los inquisidores —terció Susan con una mueca de incredulidad.

—Ya sabes que respeto tus creencias, Susan, pero las mías son muy distintas.

Susan no creía en Dios, nunca lo había hecho. Pero aún creía menos en los gestores de la fe en la tierra. La Iglesia y la absurda historia bíblica que se daba por válida le parecían una completa farsa. Aun así, había mucha gente en aquella institución arcaica e hipócrita que merecían la pena. El padre Peter era uno de ellos.

—Perdóname, Peter. Continúa, por favor —dijo sinceramente.

—Mientras estaba en la cárcel, sentí con toda certeza que no había tenido nada que ver con aquella muerte. Entonces, cuando el inspector Nielsen me comunicó que seguían buscando al asesino, creí entender el propósito de Dios.

—¿No estarás diciendo que Dios te ha salvado para que hagas de investigador privado? —preguntó Susan incrédula.

Peter le miró a los ojos sin ningún resto de duda.

—Creo que el asesino volverá a matar y yo tengo que evitarlo.

Susan no podía creer lo que estaba escuchando.

—¿Qué pruebas tienes? ¿En qué te basas para decir eso? La fe no resuelve asesinatos, Peter, ni devuelve la vida a las víctimas.

—Pero yo puedo encontrar al asesino. Fíjate en esto.

Peter sacó un sobre grande y sencillo con un extraño dibujo en una de sus caras, era como un ocho alargado formado por una cadena con eslabones. Susan se quedó helada. Era el mismo símbolo que el asesino había marcada a fuego en Anna Newman.

—¿Qué coño es esto?

—Ya te conté cómo recuperé mi libreta. Este es el sobre que la contenía y este es el símbolo matemático usado para representar el infinito en casi todas las culturas.

Susan se le quedó observando sin comprender.

—También es el símbolo de la repetición constante

—continuó Peter—. Todo lo que sucede una vez vuelve a suceder, cerrando el vínculo. Cada eslabón es un periodo menor de otro periodo más grande que es el ciclo completo. Echa un vistazo a esto. —Peter fue pasando varias páginas de su agenda. En todas ellas aparecía el mismo símbolo.

—Ocho eslabones. Ocho días. Un ciclo. El asesino volverá a matar, Susan. Ya han pasado tres días desde que liquidó a Anna Newman. Volverá a hacerlo dentro de otros cinco —añadió Peter, escrutándola con ojos febriles.

Susan estaba empezando a dudar de la cordura del sacerdote.

—Es tan solo una absurda conjetura sin ninguna base. En otra época te estarías riendo conmigo si alguien propusiese una teoría semejante.

Peter se serenó y bajó la vista.

—Tal vez en otra época fuese así pero me he visto a mí mismo cortándome las venas, Susan, cometiendo un pecado que me habría condenado para siempre y, sin embargo, sigo aquí. Dios quiere algo de mí, no lo dudes.

Susan no supo qué contestar ante la determinación de sus palabras. Aun así, la teoría de Peter le parecía descabellada. A su juicio, no tenía ninguna base real. Después, la conversación derivó a temas menos espirituales, en los que la inspectora se sentía bastante más cómoda.

—No puedo creer que Francis Mason esté implicado en la muerte de Anna Newman —había dicho Peter testarudo.

—De momento, solo es un sospechoso más —mintió Susan. En realidad, tenían una pista sólida que les conducía al muchacho.

—Francis es un joven visceral, pero no sería capaz de hacer algo semejante. Le conozco bien.

—Te sorprenderías de las cosas que puede llegar a hacer la gente, aun aquellos a los que creemos conocer bien. El mundo es una gran cloaca y nosotros somos las ratas —repuso Susan. Tres años en la policía habían sido más que suficientes para respaldar su afirmación.

—No comparto contigo esa visión del mundo. Yo creo en la gente y sigo pensando que Francis Mason no está implicado en la muerte de Anna Newman —insistió Peter.

Susan se había propuesto no revelar demasiada información, bastante se había propasado ya hablándole de Francis Mason. Pero la insistencia de Peter y sus ganas de mostrarle que estaba equivocado la superaron.

—Hemos encontrado una nota en el libro de Francis Mason escrita por Anna Newman. Era breve pero muy esclarecedora.

—¿Qué decía?

Susan se arrepintió de haber hablado demasiado, pero ya era tarde para callar. Así que suspiró y repitió la nota de memoria.

—Decía: «Sé lo que estás haciendo. Para inmediatamente o hablaré con la policía».

Peter se quedó pensativo y la expresión de su cara cambió ligeramente, como si estuviese jugando al ajedrez y de repente viese una nueva jugada que le despejaba el camino al jaque.

—Eso cambia las cosas. En cualquier caso, estoy seguro de que el padre Black es una pieza clave en el asesinato —insistió Peter.

—Ya te dije que tiene una buena coartada y ningún motivo —replicó Susan algo saturada.

—¿Habéis investigado su pasado?

—No había motivo. Pero si hubiese habido algo, lo habríamos sabido inmediatamente. Al introducir los datos de un testigo en el sistema informático, este nos avisa de si existen antecedentes policiales.

La repuesta no pareció complacer en exceso a Peter.

—¿Incluso si se trata de un extranjero? El padre Black es americano.

—En ese caso, si aparece en los ficheros internacionales, también se activaría la alarma. Aunque es cierto que esos datos no están siempre bien actualizados —tuvo que reconocer Susan.

Peter se pasó otra media hora hablándole acerca de su teoría conspiratoria sobre los extraños cambios de destino del padre Black y de la carencia de información que había en ellos. Susan no conocía demasiado bien los entresijos burocráticos de la Iglesia, y en realidad le importaban un bledo, pero suponía que si en la propia policía la información era a veces escasa e incluso errónea, podía ocurrir lo mismo en el entorno eclesiástico.

—Prométeme que investigarás al padre Black —acabó diciendo Peter.

Susan se quedó pensativa un instante. Habían sido muchos años creyendo que Peter era el centro de la tierra. Verle ahora tan desvalido e incluso rayando la locura le despertó un extraño instinto de protección. Tal vez las hormonas y Paula le estuviesen jugando una mala pasada.

—Veré lo que puedo hacer —repuso Susan muy a su pesar.

Hace cinco años, habría hecho cualquier cosa por él. Hace cinco años, Susan había estado profundamente enamorada de su profesor de Medicina. Durante unos meses guardó silencio y trató de negar sus sentimientos. Llegó a creer, por la complicidad que surgió entre ambos, que Peter la correspondía.

Estaba claro que la relación no sería fácil, Peter era su profesor y además era sacerdote, pero todo tenía arreglo. O eso pensaba una joven, idealista y esperanzada Susan. Pero la realidad estaba muy alejada de sus anhelos. Una tarde Susan acudió a casa de Peter para resolver unas dudas y llegó demasiado pronto. Peter no se hallaba allí, pero como ella tenía una copia de las llaves de la casa, le esperó en el interior. Entonces la curiosidad pudo con ella y rebuscó en un viejo baúl donde Peter guardaba su correspondencia antigua. Peter siempre bromeaba y le decía que antes de ser sacerdote, había sido un auténtico rompecorazones. Decía que si ciertas cartas saliesen a la luz, se produciría un terremoto social.

Susan no buscaba nada especial, simplemente quería curiosear y conocer más del hombre al que amaba. Pero una de las cartas llamó su atención, no sabría decir bien por qué, pero la atrajo hacia sí con fuerza. Se trataba de una carta de amor escrita por un joven Peter antes de hacerse cura. Comenzó leyéndola con expectación, y se emocionó al comprobar la pasión contenida en sus palabras. Pero al leer el destinatario de la carta se quedó helada. Cogió las demás cartas y comprobó los nombres de los distintos destinatarios y remitentes. Susan sintió una fuerte presión en el estómago. Peter no exageraba al decir que si aquellas cartas viesen la luz se produciría un terremoto.

De ese modo descubrió que Peter no estaba enamorado de ella, simplemente no podía estarlo aunque quisiera. Solo sentía un cariño especial por una de sus alumnas más brillantes. Susan hubiese querido odiarle, recriminarle que le había dado falsas esperanzas para luego romperle el corazón. Pero en realidad nunca había sido así. Así que optó por finalizar sus estudios y marcharse lejos de allí.

Así que aquella gélida madrugada de diciembre, en la desagradable comisaría de Coldshire, Susan había decidido no perder el tiempo con el padre Black. A la mierda con Peter y sus locuras. Tenía mucho trabajo atrasado. Si Peter insistía, le diría que no había encontrado nada extraño en el pasado de Black y zanjaría la historia.

Se encendió un cigarro, le dio una única y larga calada, y lo apagó. Ya habría tiempo de fumarse una fábrica entera cuando naciese su pequeña, ahora tenía que rellenar la pila de documentos atrasados que exigía la burocracia policial. Iba a rellenar el primer formulario cuando dejó caer el bolígrafo y se rascó la barriga.

¡Qué diablos! Al fin y al cabo le pagaban por investigar, no por cumplimentar papelotes. Susan se balanceó en la silla y tecleó dos palabras en el ordenador.

«Julius Black».

Durante una hora, estuvo buceando sin éxito en el historial de aquel anodino personaje. No encontró mucho más de lo que ya le había contado Peter. Su paso por un centro de prestigio, su ascensión meteórica y, de repente, su caída y posterior traslado a un pueblecito perdido en el medio de la nada.

Estaba a punto de desistir cuando encontró algo curioso en la partida de nacimiento del padre Black. El «pequeño» Julius era hijo de Martin Becker y de Julia Black. Era extraño que en aquel entonces un hijo adoptase el apellido de la madre rechazando el del padre. Susan tecleó otras dos palabras en su ordenador.

«Julius Becker».

Las letras tardaron apenas unos segundos en aparecer en la pantalla. Había varios Julius Becker pero uno le llamó especialmente la atención. Había trabajado en el colegio católico Rosewell, en Nueva York. Susan accedió al fichero y se quedó impresionada. No podía dar crédito a lo que estaba viendo. Solo en una ocasión en toda su carrera como inspectora de policía le había ocurrido algo similar y de eso hacía ya dos años.

Eran cerca de las dos de la mañana pero no lo dudó. Levantó el teléfono y marcó un número que conocía de memoria. Una voz adormilada sonó al otro lado de la línea.

—¿Quién es?

—Necesito hablar contigo, Jack, es muy importante —respondió Susan.

Capítulo 11

Peter había dormido francamente mal. Después de su charla nocturna con Susan, tenía la cabeza a punto de explotar y no consiguió conciliar el sueño. A las cinco de la madrugada logró dormirse con la ayuda de un somnífero. No se despertó hasta las dos de la tarde, con el tiempo justo para acudir a su cita con el doctor Bauer.

El psiquiatra había consentido en verle el día de Navidad, otra prueba más de la influencia del rector O'Brian. Peter tuvo cargo de conciencia por ser la causa de que el doctor fuese a pasar un día tan especial alejado de su familia.

Bauer era mucho más joven de lo que había esperado y su despacho parecía más el de un opulento abogado que una consulta médica. Estuvieron charlando por espacio de dos horas, en las que Peter le contó todo lo que había sucedido. El doctor Bauer le hizo una serie de preguntas concisas y anotó el resultado en una libreta. Después le hizo pasar a una sala atestada de aparatos donde Peter experimentó la sensación de ser un animal de laboratorio. Tras más de una hora de pruebas, regresaron al despacho del doctor.

—Al principio pensé que la causa de su repentina pérdida de memoria había sido el golpe que se dio en la frente. Pero parece que no ha sido así —dijo el psiquiatra después de analizar los resultados.

—Entonces, ¿qué ha pasado?

—Lamento decirle que no lo sé. Le he realizado todas las pruebas posibles; una angiografía cerebral, una tomografía computarizada, una electroencefalografía Todos los resultados han sido negativos. Aparentemente está usted perfectamente.

—¿Cree que recuperaré la memoria?

—Padre Peter, no se ofenda por lo que voy a decirle. Si alguien con estos resultados me dijese que sufre amnesia selectiva, pensaría con toda certeza que me está mintiendo.

Peter salió de la clínica desalentado y preocupado. Pasó el resto de la tarde repasando sus notas y tratando de hallar cualquier evidencia que le diese alguna pista, pero la búsqueda fue infructuosa.

Eran cerca de las nueve de la noche cuando cogió el coche y recorrió los treinta kilómetros de mala carretera que le separaban del lago Blithfield. Tenía algo muy importante que comprobar allí.

Peter tomó una salida sin señalizar y cogió un camino nevado que discurría entre la densa vegetación. Los últimos metros en medio del bosque se le hicieron eternos. Había apagado las luces y en dos ocasiones estuvo cerca de salirse de la embarrada pista forestal. Al final, aparcó junto al camino, a una distancia prudencial de la casa y comenzó a andar en su dirección. No sabía si habría alguien en el refugio, pero de ser así, no quería avisarle de su llegada.

Mientras avanzaba dificultosamente por el camino nevado, observó que no se veían huellas de coche ni pisadas. Si había alguien allí, no se había movido desde la última nevada.

El refugio apareció de improviso como una sombra más oscura contra el fondo negro del bosque. Peter lo recordaba más grande y menos estropeado. En realidad era poco más que una cabaña de leñadores habilitada como vivienda.

Peter estudió la casa durante varios minutos sin detectar ninguna señal de vida en su interior. Se disponía a avanzar cuando escuchó un ruido procedente del camino por el que había venido. Se escondió detrás de un árbol y esperó alerta, pero no vio ni oyó nada. Probablemente se tratase de algún animal buscando su cena o evitando ser cenado, pensó.

Peter salió de su escondite y ascendió los tres escalones que daban acceso al porche de la casa. Blasfemó en silencio cuando la madera vieja crujió bajo sus pies, pero no ocurrió nada. No se observaba ninguna luz en el interior del refugio, así que sacó una llave y la insertó en la cerradura. Abrió la puerta lo justo para colarse por el hueco y dejó que sus ojos se adaptaran paulatinamente a la oscuridad.

La estancia estaba vacía pero había algo fuera de lugar allí. Peter se dio cuenta demasiado tarde. Una sombra se movió junto a él y Peter instintivamente se desplazó hacia su izquierda. Algo golpeó con fuerza la pared, justo donde había estado unos segundos antes.

76

—¡Francis, soy Peter Syfo! —se apresuró a decir Peter.

Unos segundos después una linterna parpadeó y le iluminó la cara.

—Joder, padre, he estado a punto de abrirle la cabeza. ¿Nadie le ha dicho que no se puede entrar sin permiso en una casa ajena?

Francis apagó la linterna y encendió una bombilla colgada del techo. Llevaba una camiseta de leñador a cuadros y un bate de béisbol en las manos. Tenía mal aspecto.

—¿Qué está haciendo aquí? —preguntó nervioso.

—La cuestión es que haces tú aquí y por qué te escondes de la policía —replicó Peter.

Francis dio un paso hacia atrás, incómodo.

—Yo no he hecho nada, padre.

—Entonces, ¿por qué huyes?

Francis pareció indeciso y su voz tembló al contestar.

—El otro día, al volver del entrenamiento, vi a varios policías merodeando por la residencia. Pensé que estarían buscando algo de hierba en las habitaciones, así que me escabullí por la escalera de incendios. Al llegar a mi piso, me paré detrás de la puerta de emergencia y me puse a escuchar para comprobar si había alguien. Entonces oí una conversación y me asusté mucho. Dos polis hablaban del asesinato de una estudiante, de Anna Newman, y se referían a mí como si yo fuera el asesino. Se lo juro, padre, yo no he hecho nada. Ni siquiera sabía que ella había muerto.

—Si eres inocente, ¿por qué no te entregaste?

—Porque tuve miedo. Además, no confío demasiado en la policía, ya he tenido problemas con ellos antes.

—¿Sabes por qué sospechan de ti?

—No lo sé, padre.

Francis parecía sincero.

—Encontraron la nota que te dejó Anna —le explicó Peter.

—¿A qué nota se refiere?

—La nota en la que te advertía de que si no parabas te denunciaría a la policía.

—No sé de qué me está hablando —contestó Francis extrañado.

—La nota que Anna te dejó en un libro de Medicina.

Francis se quedó pensativo un instante y después su cara se iluminó.

—Un momento, ese libro ni siquiera era mío.

—¿Entonces por qué lo llevabas tú? Además, lo encontraron sobre tu mesa.

—Porque era de Adam Day, mi compañero de cuarto. Yo había perdido el mío y le pedí prestado el suyo hará una semana.

—¿Y dónde está Adam ahora?

—No lo sé, ha desaparecido del mapa. Hace cuatro días que no le veo ni sé nada de él.

Peter reflexionó unos instantes. Parecía que Francis decía la verdad, pero no quería correr ningún riesgo.

—¿Sabes qué podía estar haciendo Adam para que Anna le escribiese una nota así?

Francis dudó unos instantes antes de contestar.

—No lo sé muy bien, padre. Pero últimamente Adam andaba metido en algún asunto extraño. Muchas noches desaparecía del cuarto y no volvía hasta la mañana siguiente. Cuando le preguntaba donde había estado, se molestaba conmigo o pasaba de mí.

—¿Adam y tú erais algo más que compañeros de cuarto? —Peter dijo aquella frase sin pensar. Había visto el brillo de los celos mal contenidos en los ojos de Francis. Por otro lado, la condición sexual del joven era de sobra conocida en el campus.

—Bueno, al principio de curso... —Francis apartó la mirada—. Él era nuevo aquí y yo le mostré todos los sitios a los que podía ir, con quién no tendría problemas y de quién sería mejor alejarse, ya me entiende.

Peter asintió, sabía bien que la pequeña comunidad homosexual de Coldshire no lo tenía demasiado fácil en aquel ambiente conservador. Las cosas no habían progresado mucho en algunos aspectos en los últimos años.

—Pero hará un mes comenzó a estar esquivo y a desaparecer de repente. Al final descubrí que había alquilado un piso en el centro de la ciudad con un nombre falso donde pasaba muchas noches. Me confesó que tenía una aventura con alguien y lo dejamos. La verdad es que creo que eso fue lo mejor.

—¿Cuál era el nombre falso que utilizaba? —preguntó Peter

—Se hacía llamar señor Night.

Una ligera sonrisa asomó a los labios de Peter. Adam Day se hacía llamar el señor Night. Día y noche. «Como doctor Jekyll y Mr. Hyde», pensó.

—¿Sabes quién era su amante?

—No, se negó a decírmelo.

Al menos sabía algo más que la policía. Si la historia de Francis era cierta, la nota de Anna no iba dirigida a él sino al tal Adam Day. Se trataba de un alumno nuevo, del que no tenía ningún recuerdo. Además no había sido su alumno durante aquel trimestre, por lo que era probable que no le hubiese visto nunca.

—¿Tienes alguna foto de Adam?

Francis le miró sorprendido, pero acabó sacando su cartera y buscó algo en su interior. Extrajo una foto de máquina en la que se veía a Francis sonriente junto a otro chico con el pelo corto y moreno. No era guapo, pero sus ojos tenían algo especial que ni siquiera la poca calidad de la fotografía había logrado esconder. Y parecía que Francis aún no le había olvidado.

—Bien. Quiero que mañana a primera hora te presentes en la comisaría de policía y les cuentes exactamente lo mismo que me has dicho a mí —dijo Peter.

—Pero…

—Confía en mí. Si todo lo que has dicho es cierto, no te pasará nada. Si no lo haces, tendré que contárselo yo.

Francis Mason no pareció nada ilusionado con la idea, pero al final, tras una larga charla, se comprometió a presentarse al día siguiente en la comisaría de policía. Peter le dijo que preguntara por Susan Polansky.

A las diez y media de la noche, Peter abandonó la casa y se dirigió andando hacia su automóvil. La noche era demasiado oscura para que pudiese ver unas huellas en la nieve, paralelas a las suyas. Una sombra más negra que la propia noche comenzó a seguirle a menos de diez metros de distancia. Un furtivo rayo de luna cruzó las nubes arrancando un reflejo metálico del cuchillo de su perseguidor. Peter, ajeno al peligro, continuó andando hacia el coche.

Capítulo 12

«Información restringida. Nivel de seguridad tres».

Así rezaba la única frase que Susan había podía leer del expediente electrónico del padre Black. Solo los asuntos de interés nacional y orden público tenían ese grado de restricción.

Susan se había levantado tarde aquel día y había tomado la autopista en dirección a Londres. Era difícil no darse cuenta de que estaban en Navidad. Por todos lados se veían falsos Papa Noel embutidos en sus trajes rojos y blancos, arrastrando sacos llenos de regalos. De pequeña, le habían producido terror, eran como una representación viva del hombre del saco que vendría de noche para llevársela. Ahora le producían una fría indiferencia.

De camino a la capital, había recibido la llamada de su madre y de varios familiares. Todos la felicitaban por Navidad y la gran mayoría también le reprochaban que no pasase con ellos aquel día tan importante. Pero esta vez Susan tenía un buen motivo en vez de una de sus tristes excusas habituales.

Aprovechó el día para dar los largos paseos que su matrona le había recomendado y comprar algunas provisiones ultra calóricas en un Seven Eleven. Poco después de las nueve se dirigió a su cita con Jack. Llegó demasiado pronto a la comisaría de Luton, y un joven policía no muy espabilado la invitó a esperar en un despacho.

A los pocos minutos, la puerta se abrió dando paso a un hombrecillo calvo con gafas que portaba una carpeta de cartón y un par de manzanas. Se trataba de Jack Kramer, un policía veterano que trabajaba en el servicio de documentación de la comisaría central de Luton, un pueblo situado a cincuenta millas al norte de Londres.

Al ver aquella frase en el informe de Julius Black, Susan había despertado a Jack en plena madrugada. Su reacción había sido mejor de lo que cabría esperar, dada la situación. Al menos no le había mandado a la mierda hasta después de haberle contado lo que necesitaba. Probablemente, la estrecha relación de amistad que había unido al padre de Susan con el pequeño archivero había tenido mucho que ver en aquello.

—Joder, Susan, que hoy es Navidad —dijo Jack con una voz profunda que no se correspondía en absoluto con su cuerpecillo de elfo navideño—. ¿Sabes lo que me ha costado hacerme con este informe? Y la próxima vez llama después del desayuno.

Hacía un tiempo, Susan le había echado un cable a Jack en un asunto complicado. Su hijo, un joven medio *hippy*, se había metido en un lío al traer una cantidad demasiado grande de hierba de un viaje a Marruecos. Susan conocía a la persona correcta en el departamento correcto y lograron rebajar la tensión. Desde entonces Jack estaba en deuda con ella.

—Gracias, Jack, no te habría molestado si no fuese urgente.

—Ese amigo tuyo debe de ser alguien importante. Probablemente estará de mierda hasta las cejas —dijo Jack limpiando una manzana.

Susan asintió y comenzó a leer el informe firmado por un tal Warren Duncan, inspector de la policía metropolitana de Nueva York. En el primer periodo docente del padre Black no había nada que se saliera de lo común, y apenas había más que unas notas sencillas. Las hojas siguientes contenían un historial detallado de su paso por el colegio Rosewell.

—Tienes toda la razón, haría falta una excavadora para desenterrarle —dijo Susan. La lectura del informe le había impactado.

—Casi siempre la tengo, pero me gusta saber para qué. —Jack le dedicó una media sonrisa que no disimulaba su curiosidad.

—Julius Black se llama en realidad Julius Becker. Es el tercer hijo del senador Thomas Becker y proviene de una familia con una gran tradición en el partido republicano.

—Eso es algo bastante desagradable, pero no es un delito —repuso Jack.

—Hace casi cuatro años la policía de Nueva York detuvo al padre Julius Becker.

—Yo también he estado detenido por esos cafres. En Inmigración no se andan con tonterías.

—El asunto fue bastante serio. Acusaron a Julius Becker de

82

varios delitos de acoso sexual y de la violación de una alumna menor de edad —dijo Susan.

Jack enarcó una ceja y silbó ligeramente.

—Eso son palabras mayores, y más siendo alguien vinculado a la Iglesia. Debió de formarse un gran escándalo.

—Todo lo contrario, el asunto se llevó muy discretamente. El fiscal iba a pedir veinticinco años, pero antes de que se celebrase el juicio, las familias de todas las implicadas retiraron los cargos. Incluso el fiscal retiró la acusación —dijo Susan enarcando una ceja.

—¿Qué crees que pasó?

—Lo más probable es que llegasen a un acuerdo económico. Según el informe, el caso fue sobreseído y Julius Becker quedó completamente limpio. Después tomó el apellido Black de su madre y cruzó el charco.

—El senador Becker parece un tipo listo, es una buena forma de limpiar la imagen. —Jack le dio un mordisco a la manzana—. Una manzana podrida no contamina todo el cesto, pero hace que nadie quiera comerse a una de sus vecinas.

Susan se quedó pensando en silencio. Julius Black había sido acusado de abusos sexuales y violación hacía unos años, pero justo antes del juicio, los demandantes decidieron retirarse. Estaba convencida de que, si escarbaba en el asunto, descubriría que las familias habían recibido una cuantiosa compensación por su silencio. El amable benefactor sería sin duda la Iglesia, alguna organización paralela o, tal vez, un rico senador republicano.

—Necesito otro favor —dijo Susan—. Quiero que averigües todo lo que puedas sobre la investigación del caso sobreseído. Y también que localices al inspector Warren Duncan.

Jack se disponía a replicar, pero Susan le cortó con un gesto algo más autoritario de lo que le habría gustado.

—También te pido que no me hagas más preguntas. Es importante, Jack.

El policía se rascó la oreja y meditó la petición. Al fin y al cabo no tenía demasiado trabajo, y recibir la visita de una chica como Susan de vez en cuando bien merecía un pequeño esfuerzo. Además, era muy probable que el necio de su hijo volviese a meterse en líos antes o después.

—No sé si tu padre estaría orgulloso o preocupado de tener

una hija como tú —dijo sonriente—. Veré lo que puedo hacer.

—Feliz Navidad —dijo Susan.

—Sí, eso.

Susan sonrió y se despidió de Jack con un beso en la mejilla. Al salir del edificio se dirigió a una cafetería cercana. Necesitaba un café cargado y media docena de *donuts* para poder afrontar la tarea que tenía por delante. El reloj del establecimiento marcaba las diez y media de la noche. Susan se sorprendió de la cantidad de gente que comía *donuts* la noche de Navidad. Pagó su cuenta y se marchó a toda prisa.

Estaba impaciente por continuar la investigación, y comprobar si la curiosa teoría que había desarrollado tenía algo de sentido o si se trataba simplemente de divagaciones provocadas por el desajuste hormonal.

Capítulo 13

Había sonado muy cerca. Peter se giró alerta y se enfrentó a la negrura. Había sido como el crujido de una rama al partirse. La oscuridad era total y su pequeña linterna apenas conseguía arañar unos metros de claridad en aquel lienzo negro. Los árboles del bosque dibujaban extrañas sombras, desfiguradas por el vaho de su propio aliento.

Peter continuó andando con la inquietante sensación de ser vigilado. Aumentó su velocidad todo lo que pudo y suspiró aliviado al ver su coche aparcado junto al camino. Al abrir la puerta le pareció oír de nuevo un ruido entre la maleza, y su visión periférica le inquietó con el atisbo de un movimiento.

Peter se metió en el coche y cerró el seguro de las puertas. Arrancó a toda prisa y atravesó el bosquecillo por el camino embarrado. Al llegar a la carretera principal tomó la dirección de Coldshire y se tranquilizó. En dos ocasiones tuvo la impresión de que un automóvil le seguía, pero al final su supuesto perseguidor giraba en otra dirección y las luces desaparecían del retrovisor.

Al llegar a la universidad aparcó junto a uno de los edificios de viviendas anexos al campus. Su paseo por el camino del bosque había dejado las ruedas y la mitad inferior del coche llenos de barro y nieve.

Peter accedió al interior de la residencia y subió a la primera planta por las escaleras desiertas. Era Navidad y la mayoría de los alumnos estaban fuera, celebrándolo con sus familiares y amigos. Recorrió el pasillo con sigilo, en busca de un número concreto.

Habitación ciento seis. Allí vivían Francis Mason y su misterioso compañero, Adam Day. Peter tanteó el pomo y comprobó que la puerta no estaba cerrada con llave. Entró en la estancia sin hacer ruido y dejó que sus ojos se acostumbraran a la penumbra antes de continuar. La escasa luz que entraba por la ventana le permitió ver una cama deshecha y vacía en un rincón. Exploró la habitación con la linterna y comprobó que las paredes estaban recubiertas de mapas de distintos tipos y tamaños.

Peter examinó el cuarto a la caza de alguna pista que le pudiese resultar útil. En realidad, no sabía muy bien qué estaba buscando, pero si creía a Francis Mason, Adam era el receptor de la nota escrita por Anna Newman. Sobre una mesa de escritorio, también plagado de mapas con anotaciones, yacían un compás abierto, una brújula y un GPS portátil. Parecía que Adam Day era un entusiasta de la geografía y la topografía. Junto al GPS, Peter encontró el resguardo de compra de un billete de tren con destino a Londres. Era del día veintiuno a las once de la noche, pocas horas después de la muerte de Anna Newman.

Peter inspeccionó una pila de documentos amontonados sobre la mesa y revisó los cajones sin hallar nada relevante. Al examinar el último cajón, notó que era algo menos profundo que el resto. Peter tomó un abrecartas y manipuló el fondo sin demasiada destreza. Después de varios intentos y de un abrecartas roto, Peter vio recompensado su esfuerzo. El cajón tenía un pequeño doble fondo en el que yacían dos objetos. Un sobre de papel contenía cinco recibos de aperturas de cuentas en cinco bancos distintos, todos a nombre de Adam Day. Las cinco cuentas bancarias se habían abierto en noviembre, todas con la pequeña suma de diez libras. La letra de Adam le resultó familiar y lo achacó al hecho de que le habría corregido un examen en alguna ocasión. Aunque Adam no había sido su alumno, era una práctica habitual corregir exámenes de otro profesor a fin de evitar una posible valoración subjetiva.

El otro objeto era un pesado llavero en forma de bola de billar del que pendían dos llaves. Una de ellas parecía una llave de vivienda normal, sin ningún indicativo del lugar que abría ni de su procedencia. La otra era algo más pequeña y tenía un número escrito sobre el metal. «Noventa y nueve».

Peter guardó el llavero junto con los recibos bancarios en su bolsillo.

Luego, todo sucedió a un ritmo vertiginoso. Peter escuchó un ruido en la puerta, y una sombra se coló en la habitación. Parecía un hombre alto y fornido. Cuando Peter le enfocó con la linterna solo pudo distinguir un brillo metálico antes de que un estruendo seco estallase en la habitación.

Había sido un disparo.

Peter sintió un dolor intenso en su brazo izquierdo y notó cómo la sangre caliente se deslizaba por su muñeca. Reaccionó instintivamente y se lanzó tras la protección del escritorio. Para su sorpresa no se produjo una segunda detonación. En lugar de eso se escucharon unos pasos que se alejaban rápidamente por el pasillo.

Le acababan de disparar a una distancia de menos de cinco metros y la bala le había pasado muy cerca. Se había estrellado contra un mueble de madera cercano y varias astillas habían salido despedidas, para terminar clavadas en el brazo. Era poco más que un rasguño, aunque la herida era dolorosa.

Peter examinó el mueble y se quedó desconcertado. Había cinco agujeros en la madera, todos de igual tamaño y muy cercanos entre sí. Uno de ellos despedía una pequeña columna de humo y estaba caliente al tacto.

No había duda. Eran agujeros de bala.

Dejando a un lado el desconcierto y movido por la adrenalina del momento, Peter se levantó y fue hacia la puerta en pos de su agresor. Al salir de la habitación pudo ver una sombra alta corriendo a toda velocidad hacia las escaleras. La siguió por el pasillo y descendió a la planta baja, pero al llegar no vio a nadie. Peter miró por la puerta de cristal y observó un coche oscuro que se alejaba a toda velocidad.

Entonces escuchó voces y las puertas de varias habitaciones comenzaron a abrirse. Los pocos alumnos que quedaban en la residencia debían haber oído el disparo y salían a comprobar lo que había sucedido. Peter no tenía ningún interés en que le viesen en aquel lugar, así que abandonó el edificio y se resguardó en su coche. No tenía ninguna posibilidad de perseguir a su agresor, y a decir verdad, tampoco le sobraban ganas.

Habían intentado matarle y por poco no lo habían conseguido. Era un pobre consuelo, pero al menos estaba claro que su investigación iba por buen camino. Adam Day parecía ser la clave y estaba dispuesto a dar con él. Peter condujo hacia su casa y aparcó a una manzana de distancia. Anduvo hasta su portal mirando hacia atrás cada dos pasos y al entrar en su vivienda cerró la puerta con llave. Había sido un día de Navidad de lo más intenso.

Se curó la herida y se metió en la cama con la cabeza dándole vueltas a un asunto que le tenía desconcertado; la imagen de los cinco pequeños orificios horadando la madera. Estaba claro que eran agujeros de bala, y que se encontraban en el lugar exacto donde se había producido el impacto.

Lo que no lograba entender era por qué había cinco agujeros si solo le habían disparado una vez.

Capítulo 14

—Está prohibida la entrada —dijo alguien a su espalda.

Susan mantuvo su mano sobre el pomo de la puerta e inspiró profundamente. El timbre de aquella voz autoritaria tenía algo que despertaba un instinto agresivo en ella. Era como si un resorte agitase la zona más primitiva de su cerebro y la incitase a reaccionar. El efecto práctico fue que le dieron ganas de girarse y darle una buena patada en las pelotas a aquel tipo.

Estaba realmente cabreada. Su GPS se había estropeado y le había costado más de una hora encontrar aquel lugar perdido en medio de la nada. El pequeño hospital comarcal en el que el padre O'Brian continuaba su tratamiento no estaba muy bien señalizado.

Finalmente, Susan hizo caso omiso de la advertencia y giró el pomo de la puerta hacia un lado. Iba a entrar.

—He dicho que no puede entrar —repitió el hombre con más fuerza.

Al darse la vuelta, Susan se quedó sorprendida. La voz pertenecía a una mujer de unos cuarenta años y dos cabezas más alta que ella. Los músculos de los brazos se marcaban ostensiblemente bajo la camisa y tenía la mano derecha envuelta en una venda. La mandíbula, cuadrada y proyectada hacia delante, le confería el aspecto de un caballo percherón. Navratilova a su lado parecería Blancanieves.

—¿Se puede saber quién me lo prohíbe? —contestó bruscamente mientras sacaba con esfuerzo su placa de policía. La barriga ya era un engorro para casi cualquier cosa.

La mujer gigante estudió minuciosamente la identificación, como si se la quisiera aprender de memoria.

—Soy Marta Miller, la asistente personal del padre O'Brian. Disculpe mi brusquedad pero el padre no se encuentra muy bien —dijo el caballo parlante.

Susan recordaba vagamente a aquella mujer en sus tiempos de estudiante. Marta Miller se pasaba el tiempo encerrada en su pequeña fortaleza, la morgue de la universidad, de la que era responsable. Susan había olvidado que parecía más un jugador de *rugby* profesional que una abnegada secretaria.

—¿Está el padre Peter con él? —preguntó Susan.

En ese momento se abrió la puerta y Peter salió de la habitación ahorrándole la respuesta. Su sombría expresión estaba escoltada por dos grandes ojeras. Al verla, se le iluminó la cara levemente.

—Buenos días, Susan. ¿Qué haces por aquí? —dijo Peter abrazándola.

—Eva, tu secretaria, me ha dicho que estabas aquí. Tengo que hablar contigo de un asunto importante... y privado —respondió, encargándose de remarcar la última palabra.

—Lo cierto es que yo también quería hablar contigo. ¿Te apetece comer algo? No tengo mucha hambre, pero si no me tomo un café me quedaré dormido aquí mismo.

Por el aspecto que tenía, más parecía que podría morir de agotamiento que quedarse dormido.

—Claro, seguro que el café del hospital será de primera calidad —comentó, sarcástica.

Peter se despidió de Marta, que había contemplado la escena como si fuese la vigilante del patio de un reformatorio. Susan apenas movió la cabeza a modo de despedida.

—Una mujer muy agradable —comentó Susan en el ascensor.

—Está pasando un mal momento.

Al llegar al bar del hospital pidieron dos cafés y se sentaron en una mesa vacía, junto la ventana. La sala bien iluminada y de aspecto aséptico era un buen lugar para charlar.

—¿Ha ido alguien a verte esta mañana a la comisaría? —Peter fue el primero en hablar.

—¿Alguien específico? Porque ha habido un par de tipos del aire acondicionado rondando cerca de mi mesa durante un buen rato.

Peter negó con la cabeza y respiró profundamente.

—Verás, tengo que confesarte que te oculté algo.

—¿De qué se trata?

—Sé dónde se oculta Francis Mason.

90

—Serás… —dijo Susan enarcando una ceja.

—Ayer fui a verle y hablé con él —dijo Peter interrumpiéndola—. Le dije que se entregase esta misma mañana a primera hora.

—…bastardo —acabó Susan—. ¿Estás loco? Te podría acusar de obstrucción a la autoridad.

—Los dos sabemos que no lo harás. Escucha esto.

Durante veinte minutos Peter le relató su encuentro con Francis y la información que había obtenido. Le contó cómo averiguó que la nota no iba dirigida al joven sino a su compañero de piso, Adam Day.

—Ahora puedo añadir allanamiento de morada —dijo Susan entre irritada y divertida. Era difícil imaginarse a Peter entrando furtivamente en una habitación en busca de pruebas.

—También encontré estos recibos bancarios y un billete de tren sobre la mesa de Adam. —Peter le tendió un sobre.

—El billete es del día veintiuno de diciembre a la once de la noche, dos horas después de la muerte de Anna —dijo Susan con interés.

Peter asintió, pero decidió omitir la parte de la historia en la que alguien le había disparado, al menos por el momento. Ya afrontaría la ira de Susan más adelante. Por ahora quería seguir investigando con tranquilidad, alejado de la policía.

Susan sacó su móvil y llamó al teniente Nielsen. En una conversación áspera y fría le informó de que había averiguado el paradero de Francis Mason. Pero no le dijo nada acerca del origen de la información ni le contó lo referente a Adam Day.

—Un coche patrulla está yendo hacia allí —dijo Susan al colgar—. Yo no me veo con fuerzas para andar persiguiendo a estudiantes agresivos con bates de béisbol. Sobre las cuentas de banco, vamos a averiguar si se ha hecho algún movimiento y cuál es su origen.

Ahora le tocaba a ella contarle el resultado de sus averiguaciones.

—Este caso es realmente extraño —continuó Susan rascándose la tripa—. Al menos tres personas dicen que vieron a uno de los sospechosos, el profesor Lommon, paseando por el parque con una joven una media hora antes del crimen. Otro testigo afirma haberle visto poco después, deambulando borracho cerca de la escena del crimen, con la ropa sucia y rasgada.

—El profesor Lommon dijo que había estado con su mujer —terció Peter—. ¿Y qué hay de los resultados de los análisis?

—Eso es lo raro. Parece que Lommon no tuvo nada que ver con la violación. —Susan miró al horizonte pensativa—. Esa violación me sigue pareciendo algo extraña, demasiado forzada. En fin, Lommon está en prisión preventiva y seguimos investigando.

A Peter le costaba imaginarse al profesor Lommon blandiendo un cuchillo y cortándole el cuello a alguien, pero de momento no podían descartarlo como culpable. Por otra parte, las dudas de Susan acerca de la violación le resultaban inquietantes, pero prefirió no comentar nada.

—Y aún hay más —siguió Susan—. El padre Black tiene mucho que ocultar. Su nombre real es Julius Becker. Black es el apellido de soltera de su madre. Es hijo de un pez gordo, un político yanqui muy influyente. Fue acusado de la violación de una alumna en Estados Unidos, pero poco antes de celebrase el juicio se retiró la denuncia.

—Ese es el motivo por el que su expediente aparecía en blanco —dijo Peter.

—Eso parece. Después cambió su apellido y le trasladaron de un sitio a otro hasta que vino a parar aquí.

—¿Le vais a detener?

—¿Estás loco? No tenemos absolutamente nada contra él.

—Ya violó a una chica hace años en Nueva York —señaló Peter—, y ahora violan y asesinan a una estudiante aquí mismo, y de nuevo aparece su nombre.

—Ni siquiera se celebró un juicio contra él. Además no tenemos ninguna prueba. Tiene contactos muy importantes y si moviese un dedo me lo aplastarían. El teniente Nielsen no me tiene mucha simpatía y le encantaría joderme con cualquier excusa.

—Pero tenemos que hacer algo.

—No. Yo tengo que hacer algo —replicó Susan duramente—. Voy a mantenerle vigilado de forma extraoficial. Si da un paso en falso le tendré cogido por los huevos. Tú te mantendrás al margen y seguirás siendo un profesor modélico, ¿de acuerdo?

—De acuerdo —contestó Peter ligeramente incómodo. No recordaba que su lenguaje fuese tan rotundo en su época de alumna.

En cualquier caso, si Susan se encargaba del padre Black, él seguiría la estela de Adam Day. No quería entorpecer a la policía ni que sus caminos se cruzasen. De esa manera también cubrirían más espacio.

—Me voy a la comisaría, quiero estar allí cuando traigan a Francis Mason. Se me ha roto el GPS y supongo que tardaré una eternidad por estos caminos de cabras. —Susan se levantó trabajosamente y le dio un beso en la mejilla.

Al escuchar la última frase de Susan, un pensamiento fugaz cruzó la mente de Peter, pero no logró atraparlo. Sería una tontería, supuso.

Peter, inquieto, apuró su café y se dirigió de nuevo a la habitación del padre O'Brian. Desde que estaba tan enfermo había acudido a verle todos los días. Tomaban café y hablaban de asuntos cotidianos, como si todo siguiese igual. O'Brian le había pedido vehementemente que retomase de nuevo su vida normal y que acudiese a los actos promocionales de su programa. Eso le hizo recordar que ya estaban a veintiséis de diciembre, que en solo tres días tendría que acudir a un programa de televisión y que no había preparado nada.

El padre O'Brian también le había rogado encarecidamente que se alejase de la investigación y que dejase el asunto en manos de la policía. Peter habría querido complacerle, pero necesitaba averiguar la verdad, así que guardó silencio y llevó la conversación a temas más agradables. A ambos les encantaba la jardinería y discutían sobre las flores que plantarían la próxima primavera en el jardín del campus. En esos momentos, casi intemporales, Peter se sentía de nuevo como el joven muchacho de pueblo al que O'Brian había acogido como si fuese su propio hijo.

Peter llamó levemente a la puerta y entró en silencio. El rector había experimentado una ligera mejoría en los últimos días, pero el médico se había encargado de cortarle las alas a sus esperanzas. La persona a la que más quería en el mundo moriría en pocas semanas. Aquella tarde el padre estaba profundamente dormido, le habían dado sedantes y descansaba tranquilamente. Peter estuvo a su lado sujetándole la mano de cuando en cuando y velando su sueño. Varias horas más tarde ya había anochecido y Peter seguía sentado junto al padre O'Brian, contemplando a través del cristal la niebla que se había apoderado del mundo exterior.

Al abandonar la habitación, Peter se cruzó con un enfermero

93

que llevaba a una mujer inmensa en una silla de ruedas. Mientras observaba la pericia del celador para introducir a la paciente en el ascensor, el pensamiento furtivo le volvió a asaltar. Pero esta vez estaba preparado y logró atraparlo.

«Se me ha roto el GPS y supongo que tardaré una eternidad por estos caminos de cabras», había dicho Susan.

Esa sencilla frase escondía la solución a uno de los enigmas de su agenda roja, estaba seguro. Peter tenía que contárselo a Susan. La llamó al móvil pero no obtuvo respuesta. El reloj del teléfono mostraba las nueve en punto. Esperó unos minutos y volvió a llamar, pero Susan seguía sin responder.

Peter salió del hospital, nervioso, y se dirigió aprisa hacia su coche. Tenía que comprobar que su teoría era correcta, aunque estaba seguro de que así sería.

¿Cómo no lo había visto antes? Se reprendió mientras arrancaba el motor de su coche.

Capítulo 15

Susan había dado en el clavo. Sin GPS, ni indicaciones en la carretera y con un sentido de la orientación que nada tenía que envidiar al de un calamar en una plaza de toros, había tardado dos horas y diez minutos en llegar a la comisaría. Las noticias que le dieron no mejoraron su humor.

—No hemos encontrado ni rastro de Francis Mason —le dijo Aaron Watkins.

Aaron era un policía bastante competente al que había conocido en la reunión de presentación del caso.

—¿Estás completamente seguro?

—Completamente —respondió algo incómodo—. Si Francis Mason estuvo en esa casa, se encargó muy bien de ocultarlo. Además, la nevada cubrió todas las huellas que hubiese podido dejar.

Susan tomó nota mental y decidió moderar sus comentarios. No merecía la pena enemistarse con uno de los pocos tipos con luces del departamento.

—Perdona, Aaron. Es solo que estoy algo decepcionada, mi fuente era totalmente fiable —se disculpó.

—Tranquila. Pero yo que tú me andaría con cuidado con el teniente Nielsen. No se tomó muy bien tu petición y cuando se enteró de que no encontramos a nadie casi pareció alegrarse —añadió, esta vez con una nota de complicidad.

Susan se marchó evitando pasar cerca del despacho de Nielsen. No tenía ningún interés en comprobar el comportamiento soberbio de aquel patán que se creía Sherlock Holmes por haber encerrado a un par de ladrones de supermercado.

Susan cogió su coche y se dirigió a la dirección que había apuntando en una hoja, la casa de Julius Black. Esta vez había sido previsora y se había hecho con uno de los GPS de la policía local.

Aparcó frente a una casa baja de ladrillos con un jardín delantero inmaculado. Un montón de luces de colores cubrían el techo y las ventanas, dándole un aspecto de postal navideña. No parecía la casa de un violador y asesino. Aunque, ¿qué aspecto debería tener la casa de un tipo así?

Susan se removió incómoda en el asiento, sin acabar de alejar una idea que le rondaba persistentemente por la cabeza; no habían encontrado a Francis Mason. La información de Peter Syfo había sido errónea o bien tardía en el mejor de los casos. Quería creer que se trataba de esa última posibilidad; que Francis había huido sin dejar ni rastro, pero una extraña sensación en la parte baja del estómago la mantenía inquieta, y no eran los gases colaterales del «efecto Paula».

La puerta de la casa se abrió de repente y el padre Julius Black salió al jardín. Iba vestido de negro, pero Susan pudo ver que no llevaba puesto el alzacuello. Portaba un maletín grande y una mochila colgaba a su espalda.

Julius Black miró a ambos lados de la calle, subió a su automóvil y se puso en marcha. Susan lo observó todo cómodamente, sentada a siete coches y dos motos de distancia. Arrancó el motor y siguió al padre Black dejando que un par de vehículos se colaran entre ellos. Al principio tomaron un camino no muy transitado hacia Greentown, pero más tarde, el coche del padre Black giró y tomó la carretera hacia Birmingham. La niebla comenzaba a bajar sobre el valle.

Casi una hora después y tras varias vueltas en el camino, el padre Black aparcó su coche en un barrio deprimido de la periferia. No debían estar a más de diez kilómetros de su punto de partida, por lo que, si hubiesen seguido una ruta directa, habrían tardado quince minutos como mucho. Estaba claro que el sacerdote no quería demasiada compañía.

El padre Black se bajó del coche y se internó, maletín en mano, en uno de los callejones que abundaban en aquella zona de Birmingham. Susan bajó tras él y le siguió a una distancia prudencial. La niebla la mantenía confortablemente a resguardo, pero a la vez hacía más difícil la persecución. Las campanas de una iglesia cercana dieron las nueve de la noche.

Bip, bip, biiiiiiip.

Su móvil. No lo había silenciado y ahora sonaba estridente en medio de la noche. Susan se peleó desesperadamente con el teléfono hasta que consiguió hacerlo callar. Cinco letras iluminaban la pequeña pantalla del aparato: «Peter».

Tendría que esperar. Al menos el padre Black no parecía haber escuchado nada y seguía su camino, adentrándose cada vez más en una zona muy poco recomendable de la ciudad. Los pocos paseantes que deambulaban por la calle parecían ser yonquis, prostitutas y sus escasos clientes. Muy de vez en cuando se podía ver a algún vecino despistado tirando la basura. Susan se llevó la mano a la cadera y sintió el tacto frío de su pistola reglamentaria. No era una gran tiradora, pero en aquella situación el pequeño trozo de metal le daba confianza.

La niebla estaba espesando, haciendo cada vez más difícil la persecución. Susan aceleró el paso tratando de no perder de vista su objetivo. Se estaba empezando a fatigar y sentía una ligera opresión en la boca del estómago. Solo les separaban unos diez metros. Una gota de humedad o tal vez de sudor frío correteó incómoda por su frente. De nuevo sonó el teléfono.

Esta vez logró quitarle el sonido casi de inmediato, pero el mal ya estaba hecho. El padre Black se había girado y miraba fijamente en su dirección. Estaban absolutamente solos en callejón. Susan se llevó la mano izquierda a la pistola y se puso a hablar a través del móvil, fingiendo una conversación con un marido inexistente.

Tras unos segundos que se hicieron eternos, el padre Black se dio la vuelta y se perdió entre la niebla. No estaba segura, pero le parecía haber visto un destello metálico en la mano derecha del padre Black.

Susan suspiró aliviada y miró el móvil. La llamada había sido de nuevo del padre Peter. Debía ser algo urgente para insistir de aquella manera a esas horas de la noche, pero tendría que esperar. Apagó el móvil y sin dudarlo se internó en la niebla para continuar la persecución.

Un poco más adelante, la calle desembocó en otra perpendicular y Susan se paró desconcertada. No sabía qué dirección habría tomado el padre Black. Aguzó el oído y creyó detectar un ligero taconeo hacia la izquierda. Susan se dirigió hacia allí rápidamente, pero al llegar al siguiente cruce se encontró con el mismo problema. Esta vez no escuchó ningún ruido que pudiera orientarla.

—¡Mierda! —exclamó cabreada.

Su voz sonó extraña y amortiguada en aquel mar de vapor blanco. Iba a ser muy difícil encontrar al padre Black, y si seguía avanzando por aquel laberinto de callejones, lo más probable era que acabase perdiéndose.

—¡Mierda, mierda y mierda! —repitió.

Susan deshizo el camino hasta llegar a una calleja que creyó próxima a su coche. No podía ver nada más allá de dos metros. Un sonido de pasos le llegó a su espalda. Susan se dio la vuelta y sacó la pistola aunque mantuvo el brazo bajado y pegado al cuerpo. El ruido se aproximaba, pero seguía sin ver a nadie.

De repente alguien le agarró el hombro con fuerza por atrás. Susan gritó y se dio la vuelta aterrorizada pero dispuesta a disparar.

—¿Tienes una libra?

Un tipo con aspecto de drogadicto la miraba fijamente con ojos turbios. El labio inferior se le movía incontroladamente y una vaharada de sudor y alcohol le llegó junto con su aliento. Al ver la pistola de Susan, el hombre titubeó y levantó las manos.

—Se…señora, no se moleste. Ya no necesito el dinero.

El labio parecía dotado de vida propia y Susan no pudo evitar fijarse en los pocos y ennegrecidos dientes que penaban en su boca. Al ver que Susan no contestaba, el hombre se puso nervioso, dio un par de pasos inestables hacia atrás y chocó contra unos cubos de basura, yendo a parar al suelo.

—Joder, pero diga algo, señora.

Susan bajó la pistola y contuvo una risa histérica que pugnaba por escapar de su garganta. Se llevó la mano a la cartera y sacó un billete de veinte libras. Los ojos del tipo se abrieron como platos al ver la placa de policía. Susan le tendió el dinero y el yonqui lo miró desconcertado unos instantes antes de cogerlo.

—Gra... gracias, señora —dijo.

El hombre se quedó sentado en el suelo, mientras aquella chiflada se alejaba entre la niebla después de haberle dado un susto de muerte. Por unos instantes dudó de si lo que había vivido era una experiencia real o había sido una alucinación provocada por las drogas. Pero el tacto húmedo del billete le sacó de dudas. Al final no se había dado tan mal la noche.

Susan pensaba exactamente lo contrario. Había sido uno de los peores días de su vida. Había quedado mal con el teniente Nielsen, había perdido la pista del padre Black y había estado a punto de disparar a un pobre drogadicto. Solo tenía ganas de llorar y de volver a casa.

Susan cogió el coche y se fue camino de su motel. Durante el trayecto, un par de lágrimas incontroladas se deslizaron por su mejilla. Su mente era un torbellino. Poco antes de llegar, Susan paró el coche y se miró en el retrovisor.

Cruel.

Así se mostró el cristal, devolviéndole la imagen de una mujer vencida y extenuada. El pelo, lacio y mojado, se le pegaba a la frente y una sombra oscura se descolgaba de sus ojos. Tenía peor aspecto que el drogadicto del callejón.

Susan apretó los dientes y pisó el acelerador. El motel quedó atrás, y tras conducir a una velocidad algo más que imprudente, cruzó las calles de Coldshire. Aún seguía con los dientes apretados cuando, a las once de la noche, aparcó frente a la casa baja de ladrillos de jardín inmaculado y luces navideñas. Aún los mantenía apretados cuando el padre Black llegó a la una de la madrugada y aparcó a menos de veinte metros de su coche. Julius Black se bajó del vehículo y abrió el maletero.

Lo que Susan vio a continuación bien valía el dolor de mandíbula que la iba a acompañar a lo largo del día siguiente.

Capítulo 16

Mientras Susan esperaba en su coche rechinando los dientes y apostada frente a la casa del padre Black, Eva manejaba con soltura el ordenador del despacho de Peter Syfo. La secretaria introdujo una secuencia de diecisiete números y pulsó la tecla *intro*. La pantalla tardó unos instantes en mostrar el resultado y confirmar la teoría de Peter.

—Este también está en Coldshire —dijo la mujer.

Peter asintió en silencio y anotó algo en su libreta.

Eva no debía estar allí tan tarde, pero al llegar a su despacho, Peter se la había encontrado buceando entre una montaña de papeles. Dado que él era rematadamente malo en asuntos informáticos, no dudó en pedirle su ayuda. Eva estaba harta de revisar el resultado de un trimestre de burocracia, por lo que aceptó su petición gustosamente. Además, Susan no había cogido el teléfono ni le había devuelto la llamada, así que la ayuda de su secretaria fue como una bendición de Dios.

—¿Qué es todo esto, Peter? —insistió Eva.

Era la tercera vez que le hacía aquella pregunta y hasta ahora él se había mostrado esquivo. Ya era el momento de contarle la verdad, o al menos parte de ella. Peter cogió uno de los *post it* y señaló las dos filas de números que contenían.

—La primera fila es una fecha concreta: día, mes, año y hora —explicó Peter—. La segunda fila, como acabamos de comprobar, es una coordenada GPS que identifica un punto exacto de la Tierra.

Eva le miró extrañada, sin comprender.

—Se trata de acontecimientos que han ocurrido en esas fechas y lugares. Aún no sé de qué se tratan, y tampoco sé de qué manera, pero creo que están relacionados con el asesinato de Anna Newman —aclaró Peter.

Eva había hallado un servicio de localización de coordenadas ofrecido en una página *web* de una organización paramilitar. El resultado era rápido y certero. Según la publicidad, la página ofrecía un sistema basado en GPS portátil mono frecuencia de doce canales paralelos. A Peter le sonaba a chino, pero ofrecía una precisión de uno a dos metros, con lo que el margen de error era despreciable. Hasta ahora el resultado había sido muy interesante.

Todas las coordenadas que habían buscado habían resultado ser lugares que se encontraban en un radio de menos de cuatro kilómetros del punto en el que se encontraba en aquel instante, todos dentro de los límites del pueblo de Coldshire. Varias coordenadas GPS se repetían número a número, indicando exactamente el mismo lugar. Peter las había dividido en varios grupos, haciendo pequeños montones con los *post it*.

—Tenemos tres notas que apuntan a la residencia universitaria —dijo Peter más para sí que para Eva. Había omitido el dato de que era allí donde Francis Mason y Adam Day tenían su habitación.

—Otras dos notas señalan la pequeña cabaña de campo en la que encontré a Francis Mason —continuó.

—No me habías dicho que le habías visto. —La cara de Eva reflejaba preocupación.

—Fue un encuentro muy breve —se justificó Peter, continuando apresuradamente con su análisis—. Una tercera nota apunta a un pequeño motel de carretera situado a las afueras de Coldshire. Otra nota hace referencia al edificio de la biblioteca del campus.

Peter cambió el peso de un pie a otro. Eva le miraba en silencio.

—Otras dos notas indican las coordenadas del parque Cross.

No hizo falta decir nada. Los dos sabían que aquel era el sitio donde habían encontrado el cadáver de Anna Newman.

Ya solo le quedaban dos grupos de *post it* con sus coordenadas. Uno de ellos estaba formado por un solo papel amarillo. Peter lo leyó en voz alta y Eva tecleó los números. Después de unos segundos de espera, el sistema le mostró una localización concreta en el pueblo de Coldshire. Eva amplió el mapa hasta el nivel de detalle máximo.

—¡No puede ser! —exclamó la mujer con sorpresa.

—¿Qué ocurre?

—Peter, es tu casa.

—¿Pero qué...? Comprueba de nuevo las coordenadas.

Peter releyó la secuencia poniendo especial atención en cada número, pero el resultado no cambió. El mapa mostraba su calle y la flecha de localización estaba parada junto a la entrada de su portal. Se trataba de su casa. Tal vez, quienquiera que hubiese escrito aquellas notas le estaba vigilando. Aunque aquello no tenía demasiado sentido, cualquiera podía saber dónde vivía sin necesidad de utilizar coordenadas GPS.

Peter desechó lanzarse al mar de posibilidades que se abría ante él y se centró en el último grupo de notas. Para su sorpresa, en esta ocasión las coordenadas no indicaban un punto en el pueblo de Coldshire, sino que se trataba de algún lugar situado en la vecina ciudad de Birmingham.

Peter dejó los *post it* sobre la mesa y cogió su libreta roja. En la última página había encontrado dos secuencias de números garabateadas en una esquina, similares a las que había en aquellas notas mecanografiadas. Pero estas estaban escritas con su propia letra. La primera fila indicaba la fecha del veinte de diciembre. La segunda, la correspondiente a las coordenadas GPS, tenía veinte números en lugar de los diecisiete habituales. Al introducir los primeros diecisiete números, el sistema les devolvió una localización en el otro extremo del globo, en Australia. Tal vez aquellos números no tuviesen nada que ver. Al fin y al cabo no estaban escritos en una de aquellas notas amarillas, así que Peter desistió y se centró en los *post it*.

De todas las coordenadas, la única que no estaba en Coldshire era aquella que apuntaba a un lugar desconocido de Birmingham.

—Eva, ¿puedes mostrarme otra vez en el mapa esta coordenada? Pon el *zoom* al máximo.

La pantalla mostró un edificio de viviendas junto a una pequeña plaza en el barrio antiguo de Birmingham. Peter estudió atentamente la imagen y una desagradable sensación comenzó a crecer poco a poco en su interior. Aquel lugar le resultaba desagradablemente familiar, pero necesitaba confirmarlo.

—Voy a dar un paseo —anunció nervioso.

Eva le miró preocupada. Era más de medianoche, hacía un frío horrible y la niebla aún no se había disipado.

—Al menos abrígate bien. —La voz de Eva se perdió mientras Peter se alejaba por el pasillo.

Salió a la calle y sintió el mordisco del aire gélido de diciembre. No lograba quitarse de encima esa incómoda sensación de angustia que le había provocado el hallazgo de aquellas coordenadas. Necesitaba comprobar si su intuición era correcta, así que tomó el coche y se dirigió al lugar siguiendo las indicaciones de su GPS.

Según se iba aproximando su inquietud crecía exponencialmente. A la una de la madrugada, Peter aparcó junto a un edificio de ladrillos oscuros. Reconoció el lugar inmediatamente. Un abeto coronado por una estrella dorada ocupaba un pequeño parquecito junto a la tétrica edificación. Aún había restos del muñeco de nieve.

Peter había enterrado aquel sitio en su subconsciente, tratando de aislar la terrible experiencia allí vivida. Se trataba del lugar en el que hacía menos de una semana había despertado sin memoria, con aquellas horribles heridas en las muñecas. Allí se había visto a sí mismo cometiendo uno de los actos más horribles para un cristiano. Allí se había suicidado y había vuelto misteriosamente a la vida.

Pese a aquel milagro, Peter se sentía como si estuviese ante las puertas del infierno.

Capítulo 17

Susan estudió la mancha del suelo, la rascó con la uña y se llevó el dedo a la boca. Inmediatamente escupió con asco. Sus sospechas se vieron confirmadas: se trataba de sangre, aunque apenas quedaba rastro. Susan volvió a su coche y esperó otros cinco minutos. A resguardo del frío nocturno, revivió la escena que había presenciado hacía menos de media hora, tratando de recordar todos los detalles.

El padre Black había aparcado frente a la vivienda y había sacado una bolsa de plástico negra del maletero. Se la cargó al hombro y se dirigió hacia la casa. La bolsa no debía de estar bien cerrada porque al pasar bajo una farola un objeto cayó al suelo. El padre Black soltó una maldición y se agachó rápidamente, tapándole la visión. No obstante, Susan pudo ver un bulto envuelto en una toalla que en su día debió de ser blanca. Ahora estaba teñida de rojo.

El padre Black recogió el paquete, lo volvió a guardar en la bolsa y entró en la casa. A los treinta segundos salió con un cubo y una fregona, y miró nervioso en todas direcciones. Susan se arrebujó en su asiento un poco más. El padre Black estuvo limpiando el suelo durante cinco minutos y después se volvió a refugiar en casa. Las luces del interior se apagaron y, al poco tiempo, Susan vio un ligero resplandor en la parte baja de la casa. Provenía de una de las ventanas del sótano. Aunque estaba tapada con maderas, la luz se filtraba a través de las pequeñas rendijas.

Desde ese momento, nada más había sucedido.

Susan evitó la tentación de fumarse un cigarro. Entonces sonó su móvil y un número desconocido se reflejó en la pantalla. Contestó esperando que fuese Peter.

—¿Dígame?

—Susan, tienes que venir urgentemente.

Susan reconoció la voz de Aaron Watkins, uno de los pocos

policías de Coldshire con el que mantenía una relación cordial. Al menos, de momento.

—Es la una y media de la mañana. ¿Qué ocurre?

—Se trata de Francis Mason. Hemos hallado su cadáver en el bosque, cerca de la casa en la que dijiste que le encontraríamos.

Susan se quedó desconcertada unos segundos. No esperaba recibir una noticia semejante.

—Voy hacia allá —dijo.

Cogió el coche y cruzó el pueblo desierto a toda velocidad. En menos de diez minutos se plantó en la comisaría.

Aaron Watkins se sorprendió al verla llegar tan pronto.

—Pensaba que te habría sacado de la cama.

—¿Qué te hace pensar que no ha sido así?

—Has tardado poco tiempo en llegar, y aunque tienes el pelo hecho un desastre, llevas maquillaje —dijo Watkins con una sonrisa cordial.

Susan se tocó el pelo y recordó la triste imagen que le había ofrecido el retrovisor del coche hacía sólo unas horas. Sonrió brevemente a Watkins y por primera vez le miró con otros ojos. Incluso por un instante llegó a preguntarse si estaría casado.

—Sí, bueno, me gusta trabajar hasta tarde —contestó mientras avanzaban por el pasillo en dirección al depósito de cadáveres—. ¿Qué es lo que sabemos?

—El muerto es Francis Mason. Le encontramos tirado en la nieve a unos trescientos metros de la casa. Le llevaron allí y le rajaron el cuello con un objeto muy afilado.

—¿Cuándo murió?

—Según la primera estimación, fue el día de Navidad, entre las diez y la doce de la noche.

Susan se quedó pensativa un instante. Peter le había dicho que estuvo hablando con Francis esa misma noche, a eso de las diez. Según él, el joven había quedado en entregarse al día siguiente a la policía.

—¿Hay algo más que deba saber?

—Aún no tenemos los datos de la autopsia. Pero el teniente Nielsen también está de camino, y no estaba de muy buen humor cuando hablé con él —sonrió—. Aún tardará en llegar, vive más lejos que tú y él sí que estaba durmiendo.

—Ya. Y tal vez, se te habrá pasado llamarle antes que a mí.

—A veces soy algo olvidadizo —dijo guiñándole un ojo.

Susan le volvió a evaluar y pensó que, pese a la nariz prominente que sobresalía de su cara, no era feo. Tenía los ojos bonitos y los labios tampoco estaban mal. Tampoco tenía pinta de ser un pervertido al que le atrajesen las mujeres embarazadas, aunque nunca se sabía.

Aaron Watkins abrió la puerta del depósito y le flanqueó el paso. Una habitación blanca, con varias mesas metálicas y dos grandes lámparas, apareció ante ellos. Aquellos sitios eran todos idénticos, daba igual en qué lugar del mundo se encontrasen. El reloj de la pared marcaba las dos y cuarto de la madrugada.

Susan se acercó a la única mesa ocupada y retiró la sábana que cubría el cadáver. Se trataba de un joven bastante guapo. Tenía un corte transversal y muy profundo en el cuello provocado por un arma con mucho filo. Tal vez una navaja o un estilete quirúrgico.

—He dejado lo mejor para el final. —Aaron Watkins retiró algo más la sabana y le levantó la camisa al joven—. Aún no sabemos cómo se lo han hecho.

Susan se quedó helada. El cadáver tenía una cicatriz roja en el pecho con una forma conocida. Se trataba del símbolo del infinito.

Peter había pronosticado que el «asesino del infinito» cometería otro crimen al cerrarse el ciclo, y según el sacerdote los ciclos tenían ocho días, uno por cada eslabón de la cadena. Pero el asesino se había adelantado y había vuelto a matar la noche del veinticinco de diciembre, solo cuatro días después. Susan tocó con repulsión la cicatriz, siguiendo con sus dedos uno de los círculos que formaban el símbolo. Tenía cuatro eslabones.

Capítulo 18

El portal estaba abierto. Eran las dos de la mañana cuando Peter entró en silencio, conteniendo la respiración. Le había costado una hora entera decidirse, y ahora que lo había hecho tenía que hacer un gran esfuerzo para no salir huyendo. El recibidor permanecía en penumbra, apenas iluminado por la escasa luz eléctrica que se filtraba desde la calle.

Peter se guió a oscuras hacia la escalera, pero algo entre las sombras de la pared le hizo detenerse. Eran los buzones de los residentes del portal. Peter se acercó, sacó una pequeña linterna y comenzó a revisar los nombres escritos en cada buzón con el pequeño haz luminoso.

Obvió los buzones del tercer y del segundo piso, y se centró exclusivamente en los inquilinos de la primera planta.

1°A: Nieves G. Bautista.
1°B: Aidan Zack.
1°C: César García.
1°D: Kevin Payton.
1°E: A. Night.
1°F: Fernando Trujillo.
1°G: Ramsey Worldjumper.

El nombre del último inquilino, Ramsey Worldjumper, le resultaba muy familiar. Claro, era el nombre de aquel tipo extravagante ataviado con un sombrero y un bastón que había interrumpido el último funeral que Peter había oficiado. De repente, el móvil de aquel hombre había sonado y una estridente canción de un grupo de *rock* había inundado el cementerio. Pero Peter no creía que aquel individuo estuviese involucrado en este asunto.

En cambio otro nombre le llamó poderosamente la atención.

Peter volvió a enfocar el nombre del quinto inquilino.

1°E: A. Night.

Night. Aquel apellido le resultaba familiar. Peter recordó por qué. «Se hacía llamar el señor Night», había dicho Francis Mason. Adam Night. Su nombre real era Adam Day, pero según le había contado Francis, el joven Adam había alquilado un piso en la ciudad con aquel nombre falso y propósito desconocido.

Adam Day era el destinatario real de la breve nota de había escrito Anna Newman antes de morir: «Sé lo que estás haciendo. Para inmediatamente o hablaré con la policía», decía la misiva.

Además, Adam había abierto cinco cuentas en cinco bancos distintos y había tomado un tren a Londres dos horas después del asesinato de la joven estudiante. Desde ese día nada se había vuelto a saber nada de él. En realidad nadie le buscaba, ya que solo Peter, Francis Mason y ahora Susan Polansky sabían que la nota de Anna iba dirigida a él.

A eso había que añadirle que la noche anterior, mientras Peter revisaba la habitación de Adam, alguien le había disparado y había salido huyendo. No pudo ver a su agresor y hasta ahora ni se le había pasado por la cabeza que pudiera tratarse del propio Adam.

Peter permaneció parado en la oscuridad del portal.

¿Qué hacía él en el piso de Adam Day? ¿Por qué se había intentado suicidar en aquel piso alquilado? Solo se le ocurría pensar que había descubierto algo relacionado con Adam y con el asesinato de Anna. Aunque eso no justificaba su tentativa de suicidio.

Por otra parte, no podía dejar de pensar en la cuestión de la trampa. ¿Le había tendido Adam una trampa? ¿Algo tan terrible como para conducirle al suicidio?

Peter necesitaba contarle todo aquello a Susan, pero su móvil se había quedado sin batería hacía ya un buen rato, mientras aguardaba indeciso en el coche. Extrajo de su bolsillo las dos llaves que había encontrado en la habitación de Adam e intentó abrir el buzón sin éxito. Ninguna era la correcta.

Peter respiró hondo y subió las escaleras. Al llegar al descansillo se enfrentó con un pasillo largo, cubierto con una alfombra desvencijada. Avanzó despacio hasta alcanzar la tercera puerta de la derecha. Los restos de una banda de plástico rojo estaban adheridos a la jamba de la puerta.

Sacó de nuevo el llavero y probó la primera llave. No funcionó. Lo intentó con la segunda llave, que encajó a la perfección, y giró suavemente hasta que la puerta se abrió.

Ya no había marcha atrás.

Peter inspiró profundamente y se adentró en la habitación. El ambiente estaba impregnado de un olor metálico y la escasa luz proveniente del pasillo mantenía la habitación en penumbra. Peter encendió la luz y cerró la puerta tras de sí. Habían pasado varios días desde que despertó allí, pero todo permanecía exactamente igual. La cama deshecha, el televisor de plasma, la cámara de vídeo en una esquina, la puerta del baño abierta y la bañera rebosante de agua turbia y rojiza.

Peter se acercó al reproductor de DVD que había bajo la tele y pulsó el botón de «Expulsar». El aparato emitió un breve quejido pero nada salió de su interior. Peter volvió a presionar el botón con la misma falta de éxito. Abrió la ranura del aparato con las manos y estudió su interior. Estaba vacío.

La prueba que demostraba su suicidio había desaparecido.

Peter se incorporó, tratando de pensar con frialdad. Alguien podría haber entrado durante esos días llevándose el DVD. O tal vez él mismo lo había cogido y no lo recordaba bien debido a la confusión de aquellos primeros momentos. O quizá había dejado el disco en algún lugar de la habitación.

Peter rebuscó por el cuarto comenzando por el mueble del televisor. Después le siguió el armario, la pequeña cómoda y los cajones de las mesillas. También miró debajo de la cama y en el mueble del baño.

Nada. No había ni rastro del DVD.

Peter se fijó en la rendija del aire acondicionado que se encontraba sobre la puerta. No era demasiado grande pero sí lo suficiente como para guardar un objeto pequeño. Se subió a una silla y tiró hacía atrás de la rejilla del aire. El plástico cedió y Peter estuvo a punto de caerse, pero logró mantener el equilibrio.

Se enderezó y enfocó el haz de su linterna hacia el hueco. Al fondo del agujero se podía distinguir un objeto pequeño y cuadriculado. Alargó el brazo y tiró del bulto hacia sí. Se trataba de una caja de madera labrada sin ningún tipo de cerradura. Se bajó de la silla, se sentó en la cama y abrió la caja con la esperanza de hallar el DVD.

Peter contempló su hallazgo sobrecogido. Un estilete afilado y manchado de sangre coagulada yacía en el fondo de la caja, tapado por un pañuelo sucio.

Con un filo como aquel, él mismo había intentado cortarse las venas. Con un filo como aquel, alguien había asesinado a Anna Newman.

Capítulo 19

—¿Cómo supiste que Francis Mason estaba en aquella casa? —El teniente Nielsen acompañó su pregunta con una mirada venenosa. El reloj del despacho marcaba las diez de la mañana, y un calendario horrible con varios gatitos contorsionistas indicaba que estaban a veintisiete de diciembre.

—Es un viejo truco que tengo. Se llama investigar. Debería probarlo alguna vez, para variar —contestó Susan sin inmutarse. Tenía los ojos hinchados y estaba muy cansada. Apenas había dormido una hora.

La cara del teniente fue pasando del naranja al rojo para acabar en un tono cercano al morado, muy a juego con la moqueta.

—Vamos, señores. Estamos todos en el mismo equipo, no tiene sentido que discutamos entre nosotros —terció un policía con aspecto de gorila.

Aquello era lo primero con cierto sentido que Susan oía desde que había entrado en el despacho.

—Esta sabelotodo está entorpeciendo la investigación. No se ciñe al plan de acción conjunta y va por su cuenta —escupió Nielsen.

—¿Qué plan? ¿Mandar a treinta policías de uniforme a revisar cada metro cuadrado del campus?

—No necesito que ninguna... mujer, y menos embarazada, venga a decirme cómo hacer mi trabajo —dijo Nielsen.

—No he venido a decírselo, he venido a hacerlo. Ya que usted no parece...

—Escúchame bien, listilla de mierda, porque solo te lo voy a decir una vez.

El teniente se acercó a unos centímetros y Susan olió el aroma acre que exhalaba; apestaba a tejón mojado.

—Estás fuera del caso. —Nielsen le tendió un papel escrito y

113

sellado con cara de satisfacción. Tenía el aspecto de un perro de presa que hubiese mordido la yugular de su víctima.

Susan leyó la breve nota y le miró con odio. Estaba firmada por su superior en Brighton.

—Es usted mucho más necio e incompetente de lo que parece. Y nunca había visto a nadie que lo pareciese tanto.

—Fuera de mi vista. Y si vuelvo a verte husmeando por aquí o por cualquier otro sitio relacionado con el caso, te arrestaré por obstrucción a la autoridad.

Susan le miró la entrepierna durante unos segundos. La atracción de su pie derecho hacia aquel bulto repugnante era demasiado intensa para poder resistirse. Aquel cabrón había mandado un informe a la central junto con un parte médico en el que, por motivos de salud, pedía que la excluyesen del caso. Según él, era una carga para la investigación.

Susan soltó su pierna como un resorte y le golpeó las pelotas con fuerza.

Pero aquello solo ocurrió en su mente.

En lugar de eso, abandonó el despacho de Nielsen con expresión enigmática, dejando allí al teniente con sus testículos intactos y una sombra de duda en su semblante porcino. Si aquel necio creía que se iba a librar de ella, estaba muy equivocado. El teniente Nielsen aún seguía dando tumbos con su investigación de pandereta. Ella, en cambio, tenía un sospechoso y un curso de acción claro y determinado. Eso sí, ahora las circunstancias habían cambiado y tendría que actuar por su cuenta, al margen de Nielsen. Por un momento pensó en pedirle ayuda a Aaron Watkins, pero finalmente dejó una nota con discreción sobre el escritorio del inspector y se marchó. «Solo por precaución», se dijo mientras dejaba la nota.

Susan se dirigió al Dunkin Donuts situado frente a la comisaría. No sabía qué visionario habría tenido la idea de montar aquel negocio allí, pero a juzgar por la concurrencia, se estaría forrando a costa del colesterol del cuerpo de policía.

Susan se disponía a entrar en la tienda cuando un claxon sonó a su espalda. Al girarse vio un coche negro, del mismo modelo que utilizaban todos los profesores de la universidad. Desde donde se encontraba, pudo distinguir dos cercos negros alrededor de los ojos del padre Peter. Estaba claro que ambos necesitaban descansar.

Veinte minutos y cuatro donuts más tarde, Susan sostenía un

afilado estilete envuelto en un pañuelo. Había escuchado atentamente la historia de Peter y después ella le había relatado lo sucedido en casa del padre Black. Peter se mostró ansioso por ir a casa de Black y averiguar lo que guardaba en su sótano. Su entusiasmo se enfrió cuando Susan le contó el fatídico destino de Francis Mason. La reacción de Peter al conocer la muerte del estudiante le había parecido sincera.

—Ha sido culpa mía. Tenía que haberte dicho antes dónde se ocultaba —dijo Peter con ojos llorosos.

El cerebro de Susan funcionaba a marchas forzadas, tratando de decidir la mejor línea de acción.

—Escúchame bien, Peter. En cualquier otra circunstancia iríamos ahora mismo a hablar con el teniente Nielsen y le entregaríamos esto —dijo sosteniendo el cuchillo—. Pero ese imbécil confunde su culo con su cabeza.

Peter asintió, ligeramente ido, aún muy afectado por la muerte de Francis Mason.

—Tenemos que saber si hay huellas dactilares en el mango y de quién es la sangre del cuchillo. Tengo un contacto que nos echará una mano, pero mientras tanto, quiero que te vayas a casa y descanses. Y sobre todo no quiero que te acerques a Julius Black. Deja ese asunto en mis manos, le tendré vigilado y bajo control. ¿Entendido? —dijo Susan.

—Entendido —dijo Peter con voz cavernosa.

—Bien. Si tienes cualquier problema y yo no estoy disponible, puedes contar con este agente. —Susan le tendió la tarjeta de un policía local, un tal Aaron Watkins—. Parece un tipo legal.

—De acuerdo —dijo Peter guardándose la tarjeta maquinalmente.

—Te llamaré por la tarde. —Susan le dio un beso en la mejilla y se dirigió a su coche—. Por cierto, me han confirmado que no se ha producido ningún movimiento en las cuentas bancarias abiertas por Adam Day.

Peter asintió pero no dio muestras de especial interés. El sufrimiento se reflejaba claramente en su rostro demacrado, que había perdido su habitual encanto. Parecía haber envejecido veinte años en aquella última semana.

Susan centró su atención en su próxima tarea. Tenía que ir a ver a Jack Kramer y pedirle que hiciese un estudio urgente del cuchillo. Tal como le había dicho a Peter, necesitaba saber quién había manejado el arma y de quién era la sangre. Si ella aparecía por comisaría con aquello, Nielsen la metería de cabeza en una bonita celda.

Pero eso era lo más sencillo del plan. La otra parte se presentaba mucho más complicada y peligrosa. Aaron Watkins había tenido el turno de noche, con lo que era probable que no leyese la nota que Susan había dejado sobre su mesa hasta dentro doce horas.

Eso le dejaba tiempo más que suficiente. Necesitaba tenerlo todo bajo control, porque si estaba en lo cierto, se iba a meter de cabeza en la boca del lobo.

Capítulo 20

Unas pocas horas de sueño ligero, salpicado de pesadillas, no habían surtido un efecto demasiado reparador ni en el ánimo ni en el cuerpo de Peter. A medida que avanzaba la investigación, sentía como si estuviese arrastrando una pesada carga montaña arriba. Y no es que no viese el final de la montaña, era más bien como si cada vez que llegaba a la cima, cada vez que terminaba su tarea y pensaba que iba a obtener su merecido descanso, se encontrara de nuevo al pie de la montaña, con la carga de nuevo sobre los hombros. El símil era algo absurdo, pero no conseguía quitárselo de la cabeza.

Peter desechó esa idea fatídica y se centró en el caso Newman. Al principio había creído firmemente que el padre Julius Black estaba implicado en la muerte de Anna Newman. Lo que había averiguado por sí mismo y lo que le había contado Susan formaba una base suficientemente sólida para sostener esa creencia. Pero ahora tenía otro posible sospechoso cuya sombra se agrandaba por momentos: Adam Day.

Anna Newman había descubierto algo relacionado con Adam, algo que tal vez le había costado la vida. Necesitaba saber qué había detrás de la nota que la joven le había enviado a Adam. Estaba convencido de que allí se encontraba la solución al misterio.

Peter se levantó del sofá, cogió el teléfono, marcó un número y esperó. El reloj digital marcaba las doce de la mañana.

—¿Quién es? —Una débil voz sonó al otro lado de la línea.

—¿Michael? —respondió Peter sorprendido. Había supuesto que Marta Miller, la secretaria particular del rector Michael O'Brian, cogería el teléfono y le diría que este se encontraba indispuesto.

—El mismo que baila y respira... por ahora —dijo con tono burlón.

—¿Qué tal te encuentras?

—Peor de lo que yo querría y mejor de lo que mi médico esperaba. Así que en líneas generales, no me quejo. ¿Y tú, cómo estás? Te noto turbado.

—Es el cansancio, llevo unos cuantos días sin dormir todo lo que debiera.

—Sigues investigando la muerte de Anna Newman, ¿verdad?

Peter no quería mentirle, pero tampoco preocuparle.

—Vamos, Peter. Tú ya estás fuera de eso. Tienes que dejar que las aguas sigan su curso. La policía lo resolverá pronto y todo se olvidará —continuó O'Brian.

—No lo sé, Michael. Te parecerá una locura, pero tengo la impresión de que hay algo más importante detrás de todo esto. Creo que Dios me está poniendo a prueba, que quiere algo de mí.

—Dios solo quiere que trabajes por él aquí en la Tierra, en su Iglesia. En cosas reales, Peter, cosas que van contigo, no persiguiendo asesinos. —O'Brian tosió ostensiblemente.

—¿Te encuentras bien, Michael?

—Sí, no es nada. Por cierto, me ha llamado Anthony Brains, el productor de la Cadena 6. Me ha dicho que no le coges el teléfono y están pensando en sustituirte por otro para la próxima temporada de debates.

—Ahora mismo tengo cosas más importantes en la cabeza.

—Deberías llamarle, Peter. Volver al trabajo te haría mucho bien... y también a la Iglesia. Y bien sabe Dios que lo necesitamos.

—No creo que pueda, Mike.

—Vamos, Peter, cuéntame qué te pasa. ¿Ha ocurrido algo importante?

Peter dudó. No quería preocuparle, pero necesitaba hablar de aquello con alguien. Al final no pudo contenerse y se rindió a la suave voz del padre O'Brian. Durante diez minutos le relató lo sucedido con Francis Mason y le habló de la posible incriminación de Adam Day.

—Nunca me gustó ese chico, Peter. Tenía algo oscuro en la mirada.

Peter se sorprendió mucho al comprobar que el padre Michael O'Brian conocía a Adam Day. Normalmente el rector de la universidad no tenía mucho contacto con los alumnos.

—¿Le conocías?

—Sí, tuvo problemas con su matriculación y el caso acabó en mi despacho. En aquel momento ya me dio mala espina, pero venía recomendado de parte de alguien, no recuerdo quién.

—¿Qué tipo de problemas?

—Fue un asunto relacionado con el pago de su matrícula. Nos dio un cheque sin fondos y cuando el tesorero le llamó a su despacho, apareció con el importe en metálico y una disculpa extravagante. Al tesorero le vino de maravilla. Según me contó, usó el dinero para los gastos de caja. Ahora sé que nunca debimos admitirle.

—Me puedo imaginar la cara de Jameson al ver el cheque sin fondos —dijo Peter. El tesorero de Coldshire tenía fama de ser más duro que los usureros del East End.

—Pues es una lástima. Jameson dejó el cargo poco antes, si no, otro gallo nos habría cantado. El padre Black ha resultado ser bastante más indulgente que su predecesor.

Peter se quedó de piedra.

—¿El padre Julius Black es el tesorero de la universidad? ¿Por qué no me lo habías dicho?

—Bueno, ni siquiera lo pensé, no creí que fuese muy importante. Cuando me hablaste de tus sospechas no creía que pudiese ser un dato relevante —dijo O'Brian conciliador—. Por cierto, ¿le has contado ya a la policía lo que sabes de Adam Day?

—No, todavía no he tenido tiempo de asimilarlo.

—Pues tienes que hacerlo ya, Peter, es muy importante.

Peter notó un ligero cambio en la voz del padre O'Brian. Su tono estaba más cercano al de una orden que al de un consejo.

—Bueno, Michael, tengo que ir a la universidad. Pasaré a verte mañana —se despidió Peter.

En ese momento, se escuchó un breve chasquido en la línea telefónica.

—Adiós, Peter, no te metas en líos. Y recuerda, habla con la policía.

—Lo haré —dijo Peter.

—Será lo mejor. Que lo que Dios ha hecho no lo deshagan los hombres —terminó O'Brian.

El rector colgó el teléfono y Peter se quedó con el auricular en las manos. Un segundo después se volvió a escuchar el mismo chasquido en la línea. Era como el que se producía al colgar o descolgar un teléfono.

Peter desechó esa idea de su mente y se centró en lo realmente importante. Julius Black ejercía de tesorero de la universidad cuando recibió el cheque sin fondos de Adam Day. Poco después, y según la versión del padre Black, Adam se presentó con un fajo de dinero que no llegó a pasar por las cuentas del banco, sino que se usó para pagar gastos de caja. Tal vez detrás de aquel episodio hubiese algo más, así que tendría que verificarlo.

Peter encendió el ordenador y redactó un correo electrónico para Eva en el que le pedía que investigase los movimientos contables de la universidad en ese periodo. A él le llevaría años averiguar algo, pero su secretaria era muy competente y obtendría la información mucho más rápido.

Después repasó la poca información que tenía de Adam Day. En el cuarto del joven había hallado el resguardo de cinco cuentas bancarias, pero Susan le había dicho que no había habido ningún movimiento en ellas. También había encontrado el resguardo de un billete de ida a Londres. Peter aún lo llevaba en la cartera, así que lo sacó y lo estudió con atención. Era para el día veintiuno a las once de la noche, solo unas pocas horas después de la muerte de Anna Newman. Adam no había comprado el billete de vuelta, por lo que solo le quedaba un sitio donde seguir investigando.

Capítulo 21

Susan estaba destrozada. Había conducido las ciento noventa millas de ida y vuelta desde Coldshire a Luton en poco más de tres horas. Tenía las piernas hinchadas y los brazos adormecidos, y Paula aportaba su queja particular en forma de pataditas en el esternón. Al menos había conseguido lo que quería.

—Te vas a meter en un buen lío, Susan, y yo contigo —le había dicho Jack Kramer mientras cogía el paquete que Susan le tendía.

—Lo siento, Jack, no tengo otra alternativa. Si lo hubiese llevado a otro lado, Nielsen se habría enterado.

Se habían citado en el centro de pruebas que la policía tenía en Luton, al norte de Londres. Jack tenía un par de amigos en el laboratorio y Susan quería saberlo todo sobre aquel cuchillo, así que no había mejor sitio para averiguarlo.

—Llámame en cuanto sepas algo. —Susan se despidió dándole a Jack un beso en la frente.

—Con esta sí que estamos en paz, Susan. Y la próxima vez recuérdame que nunca haga tratos contigo.

—Ahora soy yo la que te debe una —contestó agradecida.

El camino de vuelta fue menos agitado, aunque tuvo que luchar constantemente contra sus párpados para no quedarse dormida en medio de la autopista. Se había comprado dos paquetes de patatas Lays y una Coca Cola grande que terminó antes de la mitad del trayecto, pero la cafeína no tuvo el efecto deseado.

A las cuatro de la tarde Susan aparcó a lo que consideró una distancia prudencial de la casa de Julius Black. Estaba lo suficientemente cerca para ver si alguien salía o entraba, y lo suficientemente lejos para pasar inadvertida. O eso creía.

Susan apoyó la cabeza en el asiento. La música de Michael Buble sonaba suave en el MP3 del coche mientras vigilaba la casa.

Un calor reconfortante ascendía desde su estómago y amenazaba con llevársela a dar un paseo con Morfeo. Tuvo que abrir la ventanilla hasta que el aire gélido la revitalizó. Se pasó la siguiente media hora abriendo y cerrando la ventana del coche, buscando el equilibrio entre no quedarse dormida y que su nariz no sufriese un principio de congelación.

Entonces la puerta de la vivienda se abrió, y un hombre vestido de negro y tocado con un sombrero salió portando un maletín. El hombre anduvo en su dirección y cruzó la acera justo a su altura.

Iba directo hacia ella.

Susan se agachó en el asiento todo lo que pudo. Desde esa posición, con el volante sobre su cabeza, pudo ver cómo pasaba junto a su ventana. El espejo retrovisor le mostró la imagen del hombre alejándose calle arriba. A los pocos metros se paró junto a un coche, se metió dentro y arrancó. Aquel no era el coche habitual del padre Black.

Susan se levantó prudentemente y pudo ver cómo el vehículo se perdía al girar una esquina. En realidad, el sombrero calado y la chaqueta subida le habían impedido identificar a aquel hombre, pero creía, por la complexión y la forma de andar, que se trataba del padre Black. Sin embargo, el coche del padre Black seguía aparcado frente a la casa y eso no le hacía mucha gracia. No quería entrar dentro de la casa y encontrarse con un posible asesino cara a cara en su terreno.

Susan esperó prudentemente unos minutos en los que aprovechó para poner el móvil en silencio. No quería que el sonido estridente de una llamada le jugara de nuevo una mala pasada. Salió del coche, anduvo hasta la entrada de la casa y miró por la ventana del salón. La casa estaba a oscuras y no se oía ningún ruido.

Susan se acercó a la puerta y sacó del bolso un juego de ganzúas. El curso avanzado de la escuela de policía le había parecido un tostón en general, pero estaba muy orgullosa de la habilidad que había obtenido con aquellas herramientas.

Manipuló la cerradura durante unos instantes hasta que oyó un clic característico y la puerta se abrió. Susan entró rápidamente y cerró tras de sí. La casa estaba ricamente amueblada con tapices colgando de las paredes, alfombras persas y aparatos de última tecnología en cada habitación. No parecía la casa de un humilde

122

sacerdote. Pero Julius Black, o Julius Becker, no era un cura humilde, sino el hijo de un importante político americano. Aquel ambiente opulento estaba sobradamente justificado.

Susan deambuló por el piso hasta hallar lo que buscaba. Una puerta al final del pasillo daba paso a unas escaleras que bajaban al sótano. Allí era donde el padre Black se había dirigido la noche anterior. Susan pulsó el interruptor de la luz, pero la oscuridad se mantuvo inalterada. Sacó una linterna del bolso, la encendió y comenzó a bajar las escaleras con precaución. Al llegar abajo, avanzó por un pasillo estrecho que desembocaba en otra puerta. Estaba cerrada, así que Susan tuvo que usar de nuevo su habilidad con las cerraduras. No era mucho más compleja que la anterior, pero Susan, con la linterna en la boca, tenía problemas para enfocar bien la luz.

Si no hubiese estado tan concentrada en su tarea, probablemente hubiese notado una ligera vibración en su bolso.

Susan logró forzar la cerradura y abrió la puerta. La sala estaba totalmente a oscuras y la pequeña luz de la linterna revoloteó inquieta por su interior. Susan dio un paso adelante y cruzó el umbral. Fijó el haz de luz sobre lo que parecía una estantería con un montón de trastos y enfocó un tarro grande de cristal.

Al reconocer su contenido, gritó y estuvo a punto de vomitar.

De nuevo se produjo una vibración en su bolso, pero Susan, impactada por la reciente visión, tampoco se dio cuenta.

A ochenta y cinco millas de allí, en un laboratorio de la policía forense al norte Londres, Jack Kramer se desesperaba con el auricular en la mano. No sabía de quién eran las huellas que aparecían en el cuchillo, pero sí a quién pertenecían los rastros de sangre.

—Susan, coge el teléfono joder, cógelo —dijo Jack muy nervioso.

Capítulo 22

Peter miró el resguardo del billete. «Coche cuatro, asiento doce», leyó para sí.

La vieja estación de Coldshire estaba formada por un pequeño edificio con tres dependencias: una zona de espera, la sala de consigna, repleta de taquillas, y una pequeña cafetería. El reloj de la estación marcaba las cuatro de la tarde.

Aquel era el lugar en el que se perdía la pista de Adam Day. No era gran cosa, pero no tenía mucho más para continuar su investigación.

Por allí solo pasaba una vía de tren controlada por dos revisores que trabajaban por turnos. Peter conocía al más veterano de los dos. El viejo Folly MacBean había alcanzado ya la edad de jubilación, pero había pedido continuar en su puesto de trabajo, bien por estar enamorado de su profesión, bien porque no quería pasar demasiado tiempo en casa con su mujer.

El andén estaba desierto cuando Peter llegó. Se dirigió directamente hacia la garita de los revisores, junto a las taquillas, y encontró a Folly leyendo un periódico deportivo atrasado. Al ver a Peter, el revisor le dedicó una sonrisa cálida y desdentada. Tenía la cabeza pequeña y achatada, a juego con su apellido.

—Buenos días, padre Peter. Viene usted un poco pronto o un poco tarde, según se mire. El tren anterior pasó hace veinte minutos y el siguiente no lo hará hasta dentro de otros cuarenta.

—Buenos días, Folly. No se preocupe, en realidad he venido a charlar con usted.

Folly le miró sorprendido. Que él supiera, la Iglesia aún no se había modernizado, como esos restaurantes de comida rápida que ofrecían servicio a domicilio. Además, él iba a misa todos los domingos.

—Usted dirá, padre —dijo con cierto temor.

—Es un asunto algo especial. Estoy buscando a un viajero que tomó el tren hará unos días. ¿Trabajó usted la noche del veintiuno de diciembre? —preguntó Peter.

Folly arrugó la frente y sacó un pequeño calendario con la estampa de una joven escasamente vestida. Al ver la sonrisa del padre Peter, el revisor dio un ligero respingo.

—Esa noche la cubrió Tom, el otro revisor —dijo tras comprobar el calendario.

—¿Y sabe dónde puedo encontrarle?

—Claro que sí. ¡Tom! —gritó Folly.

A los pocos segundos, una puerta se abrió dando lugar a una réplica rejuvenecida de Folly MacBean. Incluso tenía la misma sonrisa desdentada.

—Hijo, aquí el padre Peter quiere hacerte un par de preguntas.

—Usted dirá, padre —dijo, repitiendo como un clon las palabras de su progenitor.

—Hola, Tom. Verás, quería saber si recuerdas a un hombre que tomó el tren a Londres hará unos días. Fue el veintiuno de diciembre, en el último tren de la noche.

—¿A Londres? —dijo Tom tratando de recordar—. ¿El último tren, dice?

—Sí, el de las once.

—Pues sí, lo recuerdo.

Peter esperaba oír cualquier cosa menos eso.

—Aún no te he dado ningún dato del viajero. Iba en el coche cuatro, asiento doce. ¿Estás seguro?

—Por supuesto, padre. Verá, el veintiuno era martes y ese día casi nadie coge tan tarde el tren. —Tom tomó aire y continuó su explicación—. Además, se subieron solo tres pasajeros. Dos eran jóvenes universitarias. Una llevaba una borrachera enorme y la otra hacía lo posible por sostenerla. No es fácil olvidar algo así, créame. —La cara del joven se iluminó al recordar la escena—. Así que el otro tipo debe ser su hombre. Pero aguarde, voy a comprobarlo.

Tom desapareció un instante en la garita y volvió al cabo de pocos segundos portando una carpeta. Sacó unos papeles aparentemente desordenados y seleccionó uno en concreto.

—Aquí está. Martes veintiuno de diciembre. Coche cuatro, asientos seis, siete y doce —dijo sonriente—. El seis y el siete los ocupaban las universitarias.

Peter asintió interesado.

—¿Te pareció que aquel hombre estaba nervioso? —preguntó.

—No. En realidad parecía bastante tranquilo, estuvo en el andén leyendo un periódico mientras esperaba el tren.

—¿Pudiste verle la cara?

—No me fijé —dijo Tom pensativo—. El tipo no bajó la vista del periódico y llevaba un sombrero bastante calado.

—¿Hablaste con él?

—No, en cuanto vino el tren me dio su billete y le ayudé a subir al vagón.

—¿Llevaba mucho equipaje?

—Nada, ni una sola maleta.

—¿No has dicho que le ayudaste a subir al tren?

—Sí. —Tom le miró desconcertado—. No podía subir bien las escaleras y le eché una mano.

—¿Estaba herido? —preguntó Peter. Tal vez Adam Day habría sufrido alguna lesión en la pelea con Anna Newman.

La cara de Tom mostró una expresión de franca incomprensión.

—No, al menos que yo sepa —contestó.

—¿Entonces por qué le ayudaste a subir?

—Porque a aquel anciano le fallaron las piernas al pisar un escalón. Están demasiado empinados, ¿sabe? Siempre se lo digo al inspector de calidad.

Esta vez fue Peter el que se quedó con la boca abierta. Adam Day tenía veinticuatro años, no podía decirse que hubiese entrado aún en la tercera edad. El único hombre que subió al tren aquella noche fue un anciano de rostro desconocido y rodillas frágiles.

¿Pero quién sería el desconocido? ¿Y por qué había suplantado la identidad de Adam Day?

Capítulo 23

Susan se cubrió la tripa con los brazos en un gesto instintivo de protección. La sola visión de aquel tarro le producía un terror irracional. No había lugar a dudas, había un feto humano en el recipiente de cristal, inmerso en un líquido amarillento.

Nunca había estado en contra del aborto, es más le parecía una práctica completamente justificable en muchos casos, pero encontrarse inesperadamente cara a cara con aquello le hizo sentir náuseas.

Cuando se hubo recuperado, paseó la linterna por el resto de la estancia. Había una ventana alta tapiada con maderas, por la que tan solo se colaban un par de débiles rayos sol. La habitación era alargada y el fondo apenas se podía distinguir en la oscuridad. Las paredes que podía ver estaban recubiertas con estanterías metálicas que iban desde el suelo hasta el techo. Una de ellas estaba repleta de recipientes etiquetados en los que flotaban bultos informes. Al menos en ocho de ellos se reconocían claramente fetos humanos. El resto contenía los cuerpos de diversos animales de pequeño tamaño: ratones, pájaros, un hurón y hasta una tortuga muerta, que parecía nadar plácida en su hábitat natural.

En medio de la estancia había una mesa de trabajo también de metal, repleta de instrumentos de diverso tipo. Susan reconoció varios de ellos como instrumental médico utilizado en cirugía y en autopsias, otros en cambio no los había visto en toda su vida. Se acercó aún más a la mesa y comprobó que la superficie pulida estaba salpicada de manchas rojas. Las baldosas del suelo en aquella zona también estaban oscurecidas.

Susan se internó en la habitación alargada. Según iba avanzando, una creciente sensación de desasosiego se iba apoderando de ella. La silueta de una puerta se perfiló en la pared del fondo, entre la penumbra. Susan se aproximó decidida y la examinó. Parecía la puerta de acceso a una cámara frigorífica y tenía un cierre especial, rodeado por una gruesa cadena con su candado correspondiente.

Aquel cierre no iba a resultar tan sencillo como los anteriores. Susan se disponía a abrirlo cuando se fijó en un rincón de la estancia. Detrás de unas perchas roñosas había un archivador de oficina.

Susan dejó momentáneamente su trabajo y se dirigió hacia allí. Susan abrió el archivador y al comprobar su contenido, el corazón le dio un vuelco.

Estaba repleto de carpetas de distintos colores, algunas de ellas cubiertas de polvo, lo que indicaba que no se habían usado en mucho tiempo. Cada carpeta tenía una pequeña etiqueta que se podía leer sin extraerla del archivador. En todas ellas aparecía un nombre y una fecha. Todos los nombres eran de mujer.

Susan buscó con esmero el nombre de Anna Newman, pero no lo encontró. Las carpetas estaban ordenadas por fecha, y la más reciente era de la misma noche en la que había perseguido al padre Black por las neblinosas calles de Birmingham.

Susan leyó el nombre de la chica con aprensión: «Diana Blond».

La carpeta contenía varios papeles informatizados. La mayoría parecían informes médicos y hablaban de la salud general de una chica de veintitrés años, Diana Blond. Pero en la última hoja aparecía una serie de anotaciones escritas a mano.

Mientras Susan las leía, una creciente agitación se apoderó de ella. Cuando hubo terminado, tenía el pulso acelerado y ganas de vomitar. Susan respiró profundamente. Necesitaba obtener pruebas físicas de aquello y estaba convencida de que las hallaría tras esa puerta cerrada. Susan aplicó toda su destreza y logró abrir los dos candados con más facilidad de lo esperado. La pequeña habitación estaba a oscuras, aunque pudo observar unas sombras que colgaban del techo.

El hedor era insoportable y se hacía difícil respirar. Susan avanzó un par de pasos por un suelo pegajoso y se golpeó contra uno de aquellos objetos colgantes. No lo había visto. Susan lo palpó y comprobó que se trataba de un gran gancho que colgaba de una cadena metálica. Un pequeño hilillo de sangre se deslizó por el lóbulo de su oreja y goteó hasta su chaqueta. Susan se tocó el oído y se dio cuenta de que había perdido uno de sus pendientes de plata con el golpe. Se agachó y tanteó el suelo en busca de su abalorio; en ese momento sintió una vibración en su bolso: era su móvil.

Susan lo extrajo apresuradamente y observó la pantalla. Jack Kramer la estaba llamando y al parecer lo había hecho ya en otras cinco ocasiones en los últimos diez minutos. Susan se disponía a cogerlo cuando una voz melosa rompió el silencio a su espalda.

—Buenos días, inspectora. Supongo que no es buen momento para ofrecerle un té.

Julius Black permanecía inmóvil bajo el arco de la puerta. Llevaba el sombrero calado hasta las cejas y la apuntaba con una pistola de pequeño calibre, probablemente una Kel Tec. El arma parecía casi ridícula en las manazas del sacerdote, pero eso era lo de menos.

Estaba jodida.

Capítulo 24

Peter abandonó el andén y se dirigió al bar de la estación. Necesitaba tomarse un café bien cargado y ordenar sus ideas. Pidió un capuchino y se dirigió a una de las pocas mesas del local. Era el único cliente del bar. El camarero silbaba Blue Velvet con una maestría lograda tras años de práctica.

Peter dio un sorbo a su café. Estaba algo frío, pero en vez de ir a cambiarlo, se quedó sentado, contemplando la sala de consigna de la estación. Le parecía algo anormal que habiendo tan poco movimiento hubiese tantas taquillas.

Peter volvió a centrarse en sus asuntos y repasó mentalmente lo que ya sabía o al menos creía saber. Debía de haber algún punto importante que se le escapaba.

En primer lugar, ¿qué era lo que había estado haciendo Adam Day? ¿A qué se dedicaba para que Anna Newman le escribiese aquella nota en la que le amenazaba con ir a la policía?

Desde luego que nada bueno. Susan pensaba que se podía tratar de un chantaje, y aunque hasta el momento no había encontrado pruebas, aquella hipótesis iba cobrando fuerza. Adam había abierto cinco cuentas de banco en las que todavía no había ingresado ni una libra. Tal vez el chantaje no le había salido tan bien como esperaba, o tal vez se trataba de una presunción equivocada y la extorsión no se había producido.

Aun así, meses antes, Adam Day entregó un cheque sin fondos para pagar la matrícula del curso. Cuando en la universidad se dieron cuenta, anularon inmediatamente su inscripción, aunque a los pocos días Adam Day se presentó con el importe en metálico, de unas cinco mil libras, en el despacho del tesorero. Pero ese dinero no fue a parar a las cuentas de la universidad, sino que se utilizó, siempre según el tesorero, para pagar facturas vencidas.

Y el tesorero no era otro que Julius Black.

¿Casualidad o había algo más de por medio?

Entraba dentro de lo posible que Adam Day estuviese chantajeando de alguna forma al padre Black. Si era así, ¿se había enterado Anna? La joven había tenido de tutor a Julius Black, y tal vez, en alguna de sus visitas, habría visto u oído algo.

¿Por ese motivo amenazó a Adam con delatarle a la policía? ¿Por ese motivo Adam decidió matarla? ¿Y qué pasaba con Francis Mason? El joven había aparecido muerto pocas horas después de que Peter hablase con él. Francis le había puesto sobre la pista de Adam Day, pero lo había hecho sin ninguna intención. Ni siquiera sabía nada de la nota de Anna Newman.

De todas formas, Adam tenía un poderoso motivo para matar a Francis. Si el joven moría, nadie podría saber que la carta de Anna Newman iba dirigida a Adam en vez de a Francis. Entonces Peter obtuvo esa información, y pocas horas después, mientras revisaba la habitación de Adam, alguien intentó matarle. De nuevo, nadie tendría un motivo mejor que Adam Day para intentarlo. Peter estaba siguiendo su pista, y él, junto con Susan, eran los únicos que sabían que la nota iba dirigida a Adam.

Además, Adam no había cogido el tren a Londres, con lo que podría haberse ocultado en Coldshire y cometer todos esos actos. También había algo muy extraño en aquel último punto. Adam no había ido a Londres, pero alguien había utilizado su billete de tren. Un anciano con problemas en las rodillas, según la versión del revisor.

¿Quién era aquel hombre? ¿Y por qué había suplantado la identidad de Adam?

Peter se removió en su asiento y pidió otro café. La teoría no estaba mal en líneas generales, pero había muchos huecos que no conseguía tapar. Y había un asunto que le preocupaba sobremanera y que no lograba quitarse de la cabeza. ¿Qué había pasado en realidad en aquel piso alquilado de Birmingham? ¿Por qué había intentado quitarse la vida?

Al descubrir que aquel piso estaba alquilado por Adam Day, con el nombre falso de Adam Night, Peter se había quedado conmocionado. ¿Qué hacía él allí? Solo encontraba una explicación que encajase en el curso general de los acontecimientos.

Peter debía de haber descubierto lo que tramaba Adam Day. Probablemente, la propia Anna, antes de morir, habría acudido a él en busca de ayuda y Peter habría seguido la pista de Adam hasta aquel mismo piso.

Lo demás era completamente inexplicable. No era capaz de comprender su intento de suicidio. Cada vez que intentaba hacerlo, se daba de bruces con un grueso muro. En esos momentos, Peter se aferraba con fuerza a su tabla de salvación. Aquella frase frenética pronunciada en la bañera, mientras se estaba desangrando.

«Es una trampa», había dicho.

¿Pero quién le había tendido esa trampa? ¿Adam Day? ¿El padre Black?

Peter solo tenía una cosa clara. Dios no había permitido que muriese, y eso le daba fuerzas para seguir adelante y encontrar al asesino. Estaban siendo con diferencia los peores días de su vida y en más de una ocasión había creído volverse loco, pero tenía que ser fuerte y continuar hasta averiguar la verdad. No podía fallar. Ya habían muerto dos personas y Peter estaba convencido de que al cumplirse el siguiente ciclo de cuatro días, habría otra muerte.

Una anciana entró en la estación, pasó por delante de Peter y se dirigió directamente hacia la sala de consigna. La mujer abrió una taquilla, extrajo un paquete y abandonó la estación por donde había venido. Peter no dejó de observarla atentamente ni un instante.

—Mucha gente tiene una alquilada —dijo una voz a su espalda.

—¿Perdón?

—Le decía que mucha gente alquila una taquilla para recibir paquetes de Londres —dijo el camarero afablemente—. Disculpe la indiscreción, pero me pareció que estaba muy interesado.

Peter se levantó como un resorte, se llevó la mano al bolsillo y extrajo el llavero que había encontrado en la habitación de Adam Day. Una de las llaves era del piso de Birmingham, la otra no sabía aún a qué puerta correspondía. El número noventa y nueve estaba pintado con rotulador negro sobre el metal.

Peter se dirigió con paso rápido a la sala de consigna. Había exactamente ciento cuarenta taquillas, todas ellas numeradas. La número noventa y nueve estaba en la parte inferior izquierda del taquillero. Peter se agachó y metió la llave en la cerradura.

La llave entró fácilmente y Peter abrió la portezuela metálica.

Un sobre grande sin ninguna dirección ni membrete yacía en el fondo de la taquilla.

—Veo que usted también tenía una —dijo el camarero desde la barra.

Peter obvió el comentario y abrió el sobre. Había tres fotos de tamaño grande en su interior cortadas por la mitad. Las tres eran muy parecidas y estaban tomadas en el mismo escenario, la habitación en la que Peter había despertado con las muñecas heridas. Las tres estaban rasgadas con un corte irregular pero nada casual. Los trozos de foto que Peter tenía en su poder mostraban a Adam Day tendido desnudo, a un lado de una cama. Los pedazos de fotografía faltantes debían de mostrar a la persona que yacía junto a Adam.

Peter guardó las fotos en el sobre, cerró la taquilla y pagó sin decir nada. Un torrente de ideas, cada una más arriesgada que la otra, amenazaba con desbordarle. Tenía que hablar con Susan y contarle lo que había averiguado.

El camarero le miró extrañado mientras Peter abandonaba el local. «El mundo está lleno de tipos raros», pensó mientras secaba un vaso. Sin saber bien por qué comenzó a silbar Hell Bells con maestría.

Capítulo 25

Aaron Watkins aborrecía la Navidad.

En realidad no tenía nada que ver con su origen judío, como le habían recriminado a veces erróneamente. Ellos también tenían una fiesta muy parecida, la Hanukkah, que se celebraba en las mismas fechas.

Aaron también aborrecía la Hanukkah.

No soportaba la falsedad de aquellas celebraciones artificiales, en las que las familias, unidas o no, se reunían en torno a un pavo, un cerdo confitado o cualquier otro pobre animal, víctima de aquellos ritos.

Este año estaba siendo aún peor. Su divorcio estaba demasiado reciente y, sin poder evitarlo, estaba siendo el centro de todas las conversaciones en los eventos familiares. Por eso prefería cambiar el turno con sus compañeros y trabajar todos los días que pudiese durante las Navidades. Así, luego se podría ir dos semanas a surfear a Canarias y olvidarse de todo.

Aquella noche le tocaba entrar a las once. El día anterior había hecho el turno de noche, pero de todos modos se presentó a las diez en comisaría. No tenía sueño y la televisión no ofrecía más que películas religiosas, renos volando y anuncios de juguetes a todas horas.

Al llegar a su mesa, Aaron cogió la pila de papeles acumulados y los apartó a un lado. Quería revisar la información de un robo que se había cometido hacía unos días. El teléfono sonó estridente en la mesa de al lado y el agente Roberts descolgó el auricular. Aaron comenzó a leer el informe, pero a los diez segundos le interrumpieron.

—Aaron, tengo en la línea a un pesado que ha llamado tres veces preguntando por ti —le dijo Joe Roberts.

—¿Quién es?

—Adivina. El padre Peter Syfo.

—¿Qué es lo que quiere?

—Hablar contigo y con nadie más, pero no dice para qué.

Aaron hizo un gesto afirmativo y Roberts le pasó el teléfono.

—Buenas noches, padre Peter —dijo Aaron amablemente—. ¿En qué puedo ayudarle?

—Se trata de Susan Polansky. No sé dónde está y no contesta a mis llamadas.

—Es posible que esté indispuesta, en su estado no sería extraño. Tal vez haya vuelto a Brighton —contestó Aaron.

—No. Tengo el presentimiento de que está en peligro.

—Lo lamento, padre Peter, pero no podemos basarnos en presentimientos para actuar. Necesito algo más tangible.

—Susan estaba investigando el asesinato de Anna Newman y había quedado en llamarme hace horas, pero no lo ha hecho. Además, no contesta a mis llamadas y temo por ella.

Aaron meditó un instante. Por lo que sabía, el teniente Nielsen había logrado apartar a Susan del caso, pero era evidente que la inspectora Polansky tenía otra idea al respecto. Aunque también era probable que Susan estuviese en algún lugar, haciendo cualquier cosa de su incumbencia, relacionada o no con el caso de Anna Newman. Aaron se disponía a deshacerse cortésmente del padre Peter cuando sus ojos se posaron en uno de los papeles de su escritorio.

Estaba escrito en letras mayúsculas de color rojo y desde luego no era su letra.

«Si lees esta nota y no has tenido noticias mías es posible que lo esté pasando mal. Court Road, número doce».

Firmaba Susan Polansky.

—¿Sigue usted ahí? —preguntó el padre Peter.

Aaron había estado demasiado tiempo en silencio.

—Sí, aquí estoy. Está bien, quiero que me cuente todo lo que sepa. Pero no ahora mismo. ¿Sabe qué hay en la calle Court Road, en el número doce?

—Es la casa del padre Julius Black —contestó el padre Peter con voz inquieta.

—Muy bien, le veré allí en quince minutos. Mientras, le voy a llamar a su número móvil y me contará toda la historia.

Diez minutos después Aaron se dirigía a toda velocidad a casa del Padre Black. Mientras conducía, el padre Peter le había hablado de las investigaciones de Susan acerca de Julius Black; tenía un pasado turbio y sus movimientos habían sido muy sospechosos en los últimos días. Por eso, Susan había decidido vigilarle de cerca. También le contó que el padre Black había tenido tratos con Adam Day y que era posible que el joven le estuviese chantajeando.

Cuando Aaron llegó a su destino, el padre Peter le estaba esperando en la calle, a unos cincuenta metros de la casa de Black. Aaron le hizo una seña y el sacerdote se acercó hasta la puerta.

—¿Cuánto tiempo lleva aquí? —preguntó Aaron.

—Unos cinco minutos.

—¿Ha visto a alguien entrar o salir?

—A nadie.

Aaron echó un vistazo al interior a través del ventanal del cristal. No se veía movimiento ni ningún signo de vida dentro.

—Bien, vamos a entrar. Quiero que se quede siempre detrás de mí y que no haga ningún ruido ni movimiento extraño —dijo Aaron.

—De acuerdo —contestó sereno el cura.

Aaron forzó la cerradura y entraron en la vivienda. Estaba tan desocupada como había parecido desde el exterior. La casa estaba ricamente decorada y no había ningún signo de pelea o violencia a su alrededor. Todo parecía impoluto y perfectamente ordenado. Todo, menos uno de los dormitorios. El armario estaba abierto y había un montón de ropa esparcido por el suelo y la cama.

Aaron iba abriendo todas las puertas y revisando cada una de las habitaciones, con el padre Peter siguiéndole como si fuese su sombra. Al abrir una puerta situada en el pasillo, se encontró con una escalera que descendía hacia el sótano. El interruptor de la luz no funcionaba.

Aaron se internó en la oscuridad tanteando el suelo y las paredes a cada paso que daba. Al último escalón le seguía un pasillo estrecho y muy oscuro que desembocaba en otra puerta. Aaron palpó la cerradura y descubrió que había sido forzada. El hedor era insoportable. Al abrir la puerta, la oscuridad disminuyó levemente. Una luz tenue se filtraba a través de las rendijas de una ventana tapiada con maderas.

—Hay un interruptor aquí fuera —dijo el padre Peter a su espalda.

—Púlselo —le apremió Aaron.

Al encenderse la luz el padre Peter dio un paso atrás. Se encontraban en una especie de laboratorio de los horrores, rodeado de jaulas y tarros. Varios animales, en distintas fases de descomposición, estaban expuestos en botes de cristal. En las paredes, forradas de estanterías, se podían ver los cuerpos disecados de aves y roedores. En medio de la sala había una mesa alargada, ocupada principalmente por una gran jaula de metal. A juzgar por su tamaño, una persona agachada podría entrar en ella.

El hedor era intensísimo.

—¿Pero qué es este sitio? —dijo el padre Peter asqueado. El cura contemplaba absorto un pequeño pájaro de colores con las tripas abiertas.

Aaron se acercó a una estantería y comprobó que había unas marcas circulares delimitadas por la ausencia total de polvo. Alguien se había llevado de allí varios de aquellos tarros de cristal, y lo había hecho muy recientemente.

Al fondo de la sala, había otra puerta cerrada con una cadena. No tenía tiempo ni conocimientos para forzarla.

—Apártese, padre —dijo Aaron sacando su pistola reglamentaria.

Disparó dos veces, y la cadena cayó al suelo. Aaron empujó la puerta hacia dentro con el pie, manteniendo la pistola en alto. La sala era bastante pequeña y se hallaba prácticamente vacía. De la pared del fondo y del techo colgaban varias cadenas acabadas en ganchos. Estaban engrasadas y en perfectas condiciones, y parecía que se habían usado hacía muy poco. El suelo de baldosas estaba recubierto de una costra roja y negra. Parecía una mezcla de barro y sangre.

—Mire esto, inspector —dijo el padre Peter detrás de él.

Aaron se dio la vuelta. El sacerdote estaba agachado y portaba un pequeño y reluciente objeto en la mano. Se trataba de un pendiente plateado con forma de media luna, parcialmente cubierto de arena y sangre.

—¿Lo reconoce? —preguntó Aaron.

—Sí. —El padre Peter le miró fijamente—. Es de Susan.

Capítulo 26

Aaron Watkins se rascó la prominente nariz mientras leía el informe. Siempre que su estado de ánimo estaba alterado hacía ese gesto. Ahora la tenía roja como un tomate maduro.

Habían perdido el rastro de Susan el día veintisiete por la tarde y aún no sabían nada de ella. Ya habían transcurrido veinticuatro horas y Aaron estaba muy preocupado. Se temía lo peor.

Después de registrar el sótano de Julius Black y hallar el pendiente ensangrentado de Susan, Aaron había acudido directamente al teniente Nielsen. Le había contado toda la historia sin omitir ni un solo detalle y había aguantado estoicamente la furibunda reacción de su superior. Pero eso era lo de menos. Todo el departamento se había movilizado para encontrar cualquier pista que les pudiese llevar a Susan Polansky.

De momento, ni siquiera habían encontrado el coche de Susan. Habían peinado varias manzanas alrededor de la casa de Julius Black y no habían hallado rastro del vehículo. En el estado en que Susan se encontraba era poco probable que hubiese ido a pie, así que el teniente Nielsen, a petición de Aaron, encargó a varios agentes la tarea de localizar el automóvil.

El resto del departamento estaba concentrado en la búsqueda del padre Black. Nadie lo había visto en todo el día y por el momento continuaba desaparecido. Se había cursado una orden de detención contra él y se estaban haciendo controles de carreteras en todo el condado.

La puerta del despacho se abrió y el agente Joe Roberts entró sin resuello.

—Aaron, hemos encontrado el coche de Susan —dijo tendiéndole un mapa con una equis marcada en un cruce de calles.

—¿Seguro que es el suyo?

—No hay duda. Nos han dado correctamente el modelo y la

matrícula.

—¿Dónde está aparcado? Eso parece la universidad.

—Así es. Se trata de la calle Lane, cerca de la Facultad de Medicina. Detrás de la morgue.

—En marcha.

Cuando llegaron, varios policías de uniforme estaban ya examinando el lugar. El coche estaba aparcado en una zona prohibida, de hecho tenía una multa del día anterior a las cinco y cuarto de la tarde. Aaron inspeccionó el interior y observó una mancha roja en el reposacabezas del piloto.

Debía de provenir de una herida en la cabeza del piloto. Tal vez ella condujese el coche y su captor, si lo había, iría de copiloto o sentado en la parte de atrás. Aaron continuó su inspección pero no halló nada más reseñable. ¿Qué habían ido a hacer allí? Estaban en el extremo oriental del campus, a poca distancia de la Facultad de Medicina y junto a la morgue.

Su teléfono móvil sonó y se apresuró a cogerlo. Era el agente Roberts, que se había quedado en comisaría.

—¿Qué hay, Joe?

—Han localizado el coche de Julius Black. Le estamos persiguiendo.

—¡Voy para allá! —Aaron acompañó su exclamación golpeando un cartel de metal que estaba junto a él.

El cartel contenía cuatro palabras escritas en mayúsculas.

«MORGUE: DEPÓSITO DE CADÁVERES»

Capítulo 27

Adam Day estaba tendido en la cama, completamente desnudo. Ni siquiera la sábana, enrollada a sus pies, tapaba su miembro viril. Era muy atractivo aunque sin llegar a ser un modelo de revista. Tenía los labios gruesos y carnosos, y el puente de la nariz le daba un aire de joven rebelde. Pero los ojos, aunque muy expresivos, irradiaban un brillo extraño, casi malvado.

Incluso en la foto Peter se dio cuenta de ese detalle.

Peter tiró las fotografías rotas sobre la mesa de su escritorio y suspiró, cansado de evaluar conjeturas e hipótesis. Comenzaba a amanecer. Había pasado dos noches horribles. Después de encontrar el pendiente ensangrentado de Susan en el suelo del sótano, había acompañado al agente Watkins a comisaría. Allí le habían tomado declaración y al poco rato le habían dejado marchar. Peter había regresado a su casa pero apenas había podido pegar ojo. Estaba profundamente preocupado por Susan, ya habían transcurrido casi dos días desde su desaparición y aún no sabían nada de ella. La noche anterior, Aaron Watkins le llamó para comunicarle que habían detenido al padre Black pero no le contó nada más.

Además había otro motivo que le hacía sentirse inquieto. Estaban a veintinueve de diciembre. Ese día, si su suposición era correcta, vencía el ciclo de ocho días marcado por el símbolo del infinito. Todas las hojas de su agenda, desde el veintidós al veintinueve de diciembre, tenían aquel dibujo grabado en cada página. No tenía la certeza de que algo fuese a ocurrir, pero tenía la corazonada de que un suceso importante y terrible aguardaba a la vuelta de la esquina.

Peter tomó un desayuno frugal y se vistió con la vestimenta de sacerdote: traje negro y alzacuello blanco. Desafortunadamente, aquella tarde intervenía en un debate de televisión en el que tendría que defender la posición de la Iglesia en materia anticonceptiva.

Era lo último que deseaba en aquel momento, pero se lo debía al rector O'Brian.

Aún le quedaban unas horas libres, así que Peter volvió a concentrarse obstinadamente en aquellas fotografías. Se negaba a darse por vencido. Las tres estaban cortadas aproximadamente por la mitad, imposibilitando ver a la persona que compartía la cama con Adam Day. ¿Eran aquellas las pruebas de un chantaje?

De ser así, tenía tres posibles candidatos, uno por fotografía.

Una opción posible era la de Anna Newman. Hasta ahora no lo había visto desde esa perspectiva, pero tal vez los dos jóvenes habían mantenido una relación sentimental. Anna podía haber descubierto que Adam chantajeaba alguien, o tal vez la estaba utilizando. También era posible que la chantajease a ella directamente.

La segunda opción tampoco le parecía descabellada. Peter recordó la conversación mantenida con Francis Mason en la cabaña del bosque, la misma noche en la que el joven fue asesinado. Peter sabía que Francis era gay. Además había hablado de Adam de una manera que le había hecho pensar que Francis estaba enamorado del joven. ¿Era Francis Mason aquel desconocido cortado en la imagen? ¿Qué podía sacar Adam de Francis? No gran cosa, a juzgar por lo que Peter sabía.

El padre Black era la tercera opción. La primera vez que le había visto, junto al confesionario, le había dado la impresión de que Julius Black podía ser homosexual. Era un hombre dulce y algo amanerado, aunque eso no era en absoluto una prueba ni medio sólida.

Pero... ¿y si el padre Black mantenía una relación secreta con Adam? Eso parecía encajar con lo que ya conocía. Adam sabía que el padre Black era el tesorero de la universidad, con lo que tendría acceso a grandes sumas de dinero. El joven podía haber adivinado las preferencias sexuales de Black y habría jugado esa baza. Un hombre es un hombre, aunque vista sotana. Y de eso podía dar fe el mismo Peter.

Adam se habría acercado al padre Black, le habría seducido y después le habría chantajeado. Tal vez la primera parte del chantaje consistió en el pago en metálico de la matrícula universitaria. Quizá Black simplemente fingió haber recibido un dinero inexistente y después tapó las cuentas. Más tarde, el ambicioso Adam había visto una vía sencilla de ganar dinero y había decidido explotarla. Hasta que Anna Newman le descubrió. Entonces, la asesinó.

Pero si el asesino era Adam, ¿por qué el padre Black se comportaba de forma tan misteriosa? Y sobre todo ¿qué había ocurrido con Susan? Su pista se perdía en aquel tétrico sótano y no se había vuelto a saber nada de ella. ¿Qué había descubierto Susan allí? Peter estaba convencido de que Susan sabía cuidar de sí misma, pero en esta ocasión estaba muy preocupado.

Para echar más leña al fuego, estaba el hombre misterioso, tal vez un anciano, que había tomado el tren en lugar de Adam Day. ¿Por qué lo había hecho?

Demasiados interrogantes sin respuesta. Peter se encontraba en un punto muerto. Susan había desaparecido y él no sabía qué paso dar a continuación. Además, tenía la imprecisa pero constante sensación de que algo de vital importancia se le escapaba en aquella ecuación. Algo que había estado ahí desde el principio, pero que no estaba sabiendo interpretar.

Desde que Peter se había despertado sin memoria en aquella habitación oscura, había tenido la angustiosa sensación de que en realidad ya sabía lo que había pasado, pero por más que se esforzaba, no conseguía recordarlo. Era como cuando uno piensa en el nombre de una película que ha visto mil veces, pero no consigue recordar su nombre. Cada día que pasaba, aquella desagradable sensación se iba incrementando, amenazando con volverle loco. Estaba convencido que antes de su pérdida de memoria, sabía lo que había ocurrido, y que por ese motivo se sentía ahora así. Pero no era un consuelo, sino más bien todo lo contrario.

Peter abrió su agenda roja y acarició aquel extraño símbolo dibujado en una hoja. Era la representación del infinito, trazado con cadenas de hierro. Desde que lo había visto, había soñado con él casi cada noche. Creía que el asesino lo había incluido para indicar el carácter cíclico de sus asesinatos. Ocho eslabones, ocho días. Al principio, había pensado que mataría al cumplirse el ciclo de ocho días, pero se había equivocado. El asesino se había anticipado y a los cuatro días había vuelto a matar. Eso era medio ciclo, medio símbolo. Si tenía razón, hoy mismo volvería a matar. Tenía que anticiparse a sus movimientos y descubrirle.

Al pasar las hojas de la agenda, las notas amarillas con las secuencias de números se fueron sucediendo una tras otra. Correspondían a un lugar concreto identificado por sus coordenadas GPS, y un tiempo concreto, marcado por una fecha y una hora. En cada nota había dos letras. Una «A» en la primera fila de números y una «N» en la segunda. En su momento había pensado que podría tratarse de las iniciales de Anna Newman.

Entonces Peter se dio cuenta.

—¡Adam Night! —exclamó.

¿Cómo no lo había visto antes? El autor de aquellas notas mecanografiadas era Adam Day, utilizando su *alter ego* Adam Night. Todas ellas se habían correspondido con emplazamientos ubicados en Coldshire, salvo las de la casa de Birmingham. ¿Entonces qué era aquello? ¿Para qué utilizaba Adam esas notas? ¿Y como habían llegado a su agenda?

Peter abrió la última página de la agenda.

Una sucesión de números escritos con su propia letra aparecían garabateados en uno de los márgenes. Aquella era la única secuencia que no había logrado descifrar. La fecha era la del veinte de diciembre. Pero las coordenadas geográficas tenían tres números más de los habituales. Si le quitaba los tres últimos números, obtenía un punto situado a ocho mil millas de allí, en la costa australiana. Además, las letras que acompañaban a los números eran una «P» y una «S» en vez de las características «A» y «N».

Hacía solo unos días, analizando la nota con Susan, llegaron a la conclusión de que tal vez aquellas letras estuviesen haciendo referencia a él mismo: Peter Syfo.

Peter aparcó momentáneamente esa idea y continuó con su análisis. Hasta ahora había probado a quitar los últimos tres dígitos de aquella serie numérica, pero había más alternativas.

Ciento treinta y siete. Esos eran los tres primeros dígitos de la segunda fila.

Probó entonces a quitarlos y metió las nuevas coordenadas en el buscador web. Peter miró asombrado la pantalla. El mapa le mostró de nuevo el término municipal de Coldshire. No podía ser una simple casualidad. Utilizó el *zoom* y el mapa cambió, mostrándole esta vez una zona dentro del campus. Al aumentar el *zoom* al máximo Peter identificó sin ninguna duda el lugar.

Se trataba de la morgue de la universidad. El mismo lugar donde había aparecido abandonado el coche de Susan.

Capítulo 28

—Yo no le he hecho nada a esa mujer. Tienen que creerme —gimió Julius Black.

—¿Entonces por qué huía?

Julius Black miró a la cámara un instante y sollozó de nuevo.

—Porque creía que ella me iba a delatar.

Peter contemplaba la grabación atentamente. Eran las diez de la mañana del veintinueve de diciembre y se encontraba en la comisaría de Coldshire, en una habitación pequeña y sin ventanas. Un gran televisor mostraba el interrogatorio al que habían sometido al padre Black esa misma madrugada. Habían atrapado al sacerdote por la noche, mientras conducía por una carretera secundaria en dirección al norte. Llevaba una maleta llena de ropa y un sobre repleto de dinero. Casi veinte mil libras en efectivo.

Peter estaba sentado entre Aaron Watkins y el teniente Nielsen. Dos grandes manchas de sudor estampaban la camisa del teniente a la altura de las axilas. El ambiente estaba sobrecargado y apestaba a una mezcla de sudor y tabaco. Pero Peter estaba absorto en la grabación, tratando de sacarle el máximo partido.

—Señor Black. —El propio Aaron Watkins había conducido el interrogatorio—. ¿Qué hacía en su sótano y para qué era todo ese instrumental?

—Ya se lo he dicho antes a su compañero. Soy aficionado a la taxidermia y tengo instalado allí mi taller.

—¿Qué había en los tarros que desaparecieron de sus estanterías?

— Tengo cientos. No sé a cuáles se refiere, pero supongo que habría animales disecados.

Peter creía que estaba diciendo la verdad o al menos en parte. Ahora recordaba donde había visto antes aquel pajarito de vivos colores que vio diseccionado en el sótano, sobre una bandeja metálica. Se trataba del mismo pájaro que se había estrellado contra la cristalera del claustro cuando Peter fue a ver al padre Black por primera vez. Black había recogido el ave y lo había puesto a resguardo en su chaqueta. Había augurado que no sobreviviría y no se había equivocado.

—¿Quiénes son las mujeres que aparecen en esas carpetas? ¿Y dónde se encuentran en estos momentos? —preguntó Aaron.

—Son chicas de la calle. Yo las trataba siempre que podía. La mayoría son extranjeras, pero viven en las afueras de Birmingham.

—¿Qué quiere decir exactamente con que las «trataba»?

—Yo era su médico —dijo el padre Black, cansado—. Iba a verlas cuando podía y trataba de que estuviesen lo mejor posible.

—¿Y qué obtenía usted a cambio?

—Nada. Yo soy médico y ellas eran mis pacientes.

Peter observó los ojos acuosos del padre Black reflejados en el televisor. Según aquella explicación, la vez que Susan había seguido al padre Black por los barrios bajos de Birmingham, bien podía haber estado haciendo una de sus visitas médicas.

—¿Y cómo explica esto?

Aaron Watkins puso una serie de fotos sobre la mesa de la sala de interrogatorios. Peter no podía ver claramente las imágenes en la grabación, pero parecía que se trataba de un tarro de cristal con una pequeña forma humanoide en su interior. Un feto.

—Verá... —La voz del padre Black tembló y se convirtió en un susurro—. Algunas de las chicas no estaban preparadas para tener hijos. Era la mejor solución para todos.

—¿Practicar abortos ilegales sin garantías sanitarias es lo mejor para todos?

El padre Black permaneció callado, hundido en su silla.

—Yo no quería... nunca salió nada mal —se defendió.

—¿Sabe la condena que le pude caer solo por esto? Aunque se puede quedar en un cuento de niños comparado con la desaparición de Susan Polanksy.

La cara del padre Black palideció.

—Le repito que yo no le he hecho nada —dijo.

—¿Dónde y cuándo se encontró con Susan Polansky?

El padre Black titubeó unos instantes antes de responder.

—Vino a mi casa el día veintisiete a eso de las cuatro de la tarde.

148

—¿Qué quería de usted la inspectora Polansky?

—Quería hablar conmigo, me hizo algunas preguntas sobre la muerte de Anna Newman. Yo le conté lo mismo que les había dicho a ustedes.

—¿Dónde estuvieron hablando?

—En el salón, principalmente.

—¿No bajaron al sótano?

—No.

—¿Entonces cómo explica esto? —Aaron Watkins le tendió una pequeña bolsa transparente con un objeto metálico en su interior.

—Ni siquiera sé qué es.

—Es uno de los pendientes de Susan. Lo hemos encontrado ensangrentado en el sótano de su casa.

El padre Black se derrumbó y comenzó a sollozar.

—Ahora quiero que me cuente lo que pasó —dijo Watkins sin un atisbo de compasión.

Cuando se hubo recuperado algo, el padre Black comenzó a hablar muy lentamente.

—Ese día fui a la universidad como de costumbre. Tenía papeleo que hacer, pero a medio camino, me di cuenta de que me había dejado en casa las llaves de mi despacho. Al volver, vi luz en el sótano y me asusté. Bajé con precaución y me encontré allí con la inspectora Polanksy.

—¿Qué sucedió entonces?

—Estuvimos hablando durante unos diez minutos. Ella había descubierto mis actividades y me recriminó por ello. Me dijo que no tendría más remedio que denunciarme. —El padre Black hizo una pausa—. Pero creo que en realidad ella comprendía la importancia de lo que yo estaba haciendo.

—A mí me suena más bien a otra cosa. Susan le iba a denunciar por prácticas médicas irregulares, así que usted decidió que sería mejor que ella desapareciese —replicó Watkins con frialdad.

—No. Yo no le hice daño, se lo juro.

—Entonces, ¿dónde está?

—No lo sé. Se fue de mi casa y no volví a verla.

—¿Sobre qué hora se fue?

—Serían las cinco menos cuarto o tal vez más tarde.

—¿Solo hablaron de ese tema?

—No. Susan también me hizo muchas preguntas sobre un alumno.

—¿Qué alumno?

—Un tal Adam Day.

—¿Conocía usted a ese estudiante?

—Me sonaba su cara de verle por el campus, pero poco más.

Peter dio un respingo al oír aquello. El padre Black estaba mintiendo. Le conocía perfectamente, aunque solo fuese por el asunto del cheque sin fondos.

El padre Black se pasó la mano por el cabello y continuó hablando.

—Eso sí, recuerdo que la expresión de Susan cambió cuando le dije que no era la única persona que me había preguntado por ese chico últimamente.

—¿Quién más se había interesado por Adam Day?

—Marta Miller, esa mujerona que acompaña siempre al padre O'Brian. Hará unas dos semanas vino a hablar conmigo y me preguntó que cuál era mi relación con ese muchacho. Y también el profesor Lommon. Ese chiflado me abordó hará unas tres semanas y me preguntó insistentemente por Adam Day. Cuando le dije aquello a la inspectora Polansky, se marchó rápidamente de mi casa. Pero le repito que yo no le hice nada, ella se fue sana y salva.

Peter se quedó pensativo unos instantes. ¿Por qué querría el profesor información sobre Adam Day? Lommon había sido considerado sospechoso en un primer momento, pero luego le habían dejado en libertad y Peter no había vuelto a pensar en él. Parecía que eso iba a tener que cambiar.

El teniente Nielsen se levantó y paró la cinta de vídeo. Aaron Watkins, se rascaba la nariz, pensativo.

—El resto de la declaración es más de lo mismo. Yo no le hubiera enseñado nada —gruñó Nielsen señalando a Peter—, pero Aaron ha insistido en que su colaboración nos podría ser de gran ayuda. ¿Tiene algo que decir?

—En general me parece sincero, pero creo que está mintiendo en dos asuntos fundamentales —contestó Peter.

—Explíquese.

Peter se disponía a hacerlo cuando la puerta se abrió repentinamente. Era el agente Joe Roberts.

—Teniente, hemos encontrado a Susan Polansky.

El padre Peter suspiró aliviado. Al menos la habían encontrado.

—¿Dónde está?

—Semienterrada en una zanja cerca del Río Cole, muerta.

Capítulo 29

Era demasiado horrible.

Peter conducía tan rápido como le permitía su viejo coche. Sentía un nudo oprimiéndole la garganta y tenía los ojos enrojecidos por el llanto. Sus peores presentimientos se habían cumplido. El temido día veintinueve de diciembre había llegado con otra muerte bajo el brazo. Y esta vez había sido la de Susan.

Habían encontrado su cuerpo enterrado junto al Río Cole. Un perro había olisqueado algo cerca de la ribera y había escarbado la tierra húmeda.

El cadáver estaba semidesnudo y presentaba un corte profundo en el cuello, la causa de la muerte. Peter no había querido verlo, pero Aaron Watkins le había confirmado que presentaba un símbolo con forma de ocho grabado en el omóplato derecho.

Habían acusado formalmente al padre Black del asesinato de Susan Polansky. La línea de la investigación estaba encaminada a buscar pruebas que le relacionasen con los asesinatos de Anna Newman y Francis Mason, y según le había dicho Aaron Watkins, estaban obteniendo resultados.

No obstante, Peter tenía muchas dudas. El padre Black había mentido en al menos dos puntos importantes de su declaración, pero le parecía que había algo incompleto, una pieza del enigma que ni siquiera intuían. Estaba convencido de que Adam Day era esa pieza, la clave que le permitiría resolver el misterio. Tenía que encontrarle.

Al enterarse de que el coche de Susan había sido hallado frente a la morgue de la universidad, esa sensación se incrementó. Las coordenadas que acababa de descubrir también apuntaban a la morgue. Algo importante había sucedido allí el veinte de diciembre. No sabía qué, pero esa era la última fecha de la cadena de lugares y momentos indicados por las secuencias de números.

¿Realmente Susan había sido llevada allí a la fuerza por su asesino? ¿Y si el padre Black no mentía a ese respecto y Susan había ido allí por su propia voluntad? Quizá la joven había descubierto que algo fundamental había ocurrido allí y había ido al lugar con la intención de investigar. ¿Pero de qué se trataba?

Además, la nueva variable introducida en aquella complicada ecuación le había descolocado completamente. El profesor Lommon le había preguntado al padre Black insistentemente por Adam Day. Eso le convertía en sospechoso. El profesor Lommon enseñaba en aquella aula regularmente, y Adam Day, Francis Mason y la propia Anna Newman habían asistido allí a sus clases.

Peter aparcó detrás de la morgue y se miró en el espejo retrovisor. Se había marchado de la comisaría completamente hundido. No podía creer que Susan hubiese muerto. Tenía toda la vida por delante. ¡Por Dios, estaba embarazada! Aquellos estaban siendo los peores días de su vida; la enfermedad del padre O'Brian, aquellas extrañas muertes, y ahora la pérdida de Susan. Aquella era una prueba demasiado dura. Pero debía conservar su fe. Dios le había salvado con un propósito, de eso estaba seguro, por lo que tenía que seguir adelante y averiguar quién había matado a Susan y a los demás. Se lo debía.

No era día lectivo así que la morgue estaba desierta. Peter saludó al vigilante y accedió al edificio. La morgue de la universidad era completamente distinta a cualquier otra en la que Peter hubiese estado. En realidad se trataba más de una gran aula de trabajo para las clases de la universidad, que de un simple depósito de cadáveres.

La sala principal estaba dispuesta como un cine, con asientos escalonados que bajaban hacia una gran plataforma con varias mesas de autopsias. Allí se impartían diversas asignaturas de Medicina. La pared del fondo, de quince metros de ancho por tres de alto, parecía una muralla metálica cuadriculada. Cada una de las cuadrículas era una pequeña cámara frigorífica utilizada para conservar el cuerpo de un difunto. Los doscientos nichos contenían los cadáveres de altruistas o descreídos, que habían decidido donar su cuerpo a la ciencia.

Peter entró en la sala por la puerta ubicada en la parte superior. El aula permanecía totalmente a oscuras. Peter encontró el interruptor y encendió las luces. La sala tenía el aspecto de un pequeño teatro vacío, sin público en los asientos ni actores en el escenario. Ahora que se encontraba allí, no supo muy bien qué estaba buscando. Él nunca había trabajado en el depósito y no estaba en absoluto familiarizado con el lugar.

Peter abrió su agenda roja y estudió de nuevo todos los *post it*. Todos aquellos números identificaban distintos lugares: la biblioteca de la universidad, un parque, la residencia de estudiantes, su propia casa y, finalmente, la morgue. ¿Pero qué debía buscar allí? Según la fecha indicada por la cadena de números, algo sucedió en aquel lugar el veinte de diciembre y estaba decidido a averiguarlo.

Peter bajó hasta la mesa del conferenciante, situada en una tarima habilitada sobre la plataforma. Allí era donde el profesor Lommon impartía sus clases. Abrió los cajones y examinó su contenido minuciosamente sin hallar nada de interés. Miró debajo de la mesa y en un hueco que había en el suelo con idéntico resultado.

Quizás encontrase algo en los pupitres de Anna Newman o de Adam Day. Normalmente los alumnos se sentaban siempre en las mismas mesas, aunque esa no era una norma escrita. Pero allí debía haber al menos trescientas pequeñas mesas hacinadas en las gradas. Buscar una a una sería una tarea descomunal. Necesitaba algo más, una pista que le indicase qué o dónde debía buscar. Entonces tuvo una idea.

«Ciento treinta y siete», masculló.

¡Esa podía ser la clave! Eran los tres números con los que comenzaban las coordenadas que le habían llevado hasta allí. Los había excluido de la secuencia y tal vez ahora fuese el momento de utilizarlos.

¿Serían el número de un pupitre?

Peter se abalanzó esperanzado hacia las gradas y examinó afanosamente una mesa. Después pasó a la siguiente, luego a la siguiente y por último a una cuarta. No estaban numeradas.

¿Por dónde empezar a numerar? Lo más lógico sería empezar por la esquina superior izquierda como en el sistema de escritura occidental. Peter subió hasta la última fila y comenzó a contar con sumo cuidado. Al llegar a la mesa ciento treinta y siete su corazón latía acelerado. Revisó el pupitre durante más de diez minutos pero no encontró nada.

Peter luchó contra la frustración y puso su cerebro a trabajar.

Adam Day era un entusiasta de la geografía y había empleado coordenadas GPS para la localización de diferentes lugares. Tal vez aquellos tres números también fuesen coordenadas de otro tipo.

Peter examinó la sala detenidamente. Desde la grada superior hasta la que estaba en el nivel de la plataforma, había diez hileras de pupitres. A su vez estas hileras estaban divididas en cuatro sectores por unos pasillos que bajaban hasta la plataforma. Cada sector tenía diez pupitres. En total, cuatrocientos pupitres, cien más que su primera estimación.

Aquellos tres números podían corresponderse con tres coordenadas dentro de la propia sala: filas, sectores y mesas. Peter cogió una hoja en blanco y un lápiz, y dibujó una cuadrícula que representaba las mesas de la sala divididas en filas y sectores. Después continúo escribiendo:

«Ciento treinta y siete».

«Fila uno, sector tres, asiento siete».

«Sector uno, fila tres, asiento siete».

Habías otras muchas combinaciones, pero aquellas le parecían las más probables, así que las marcó en su dibujo y comenzó a buscar. En su primer intento no encontró nada, pero inmune al desaliento, continuó con su investigación.

Al abrir el segundo pupitre, el corazón le dio un vuelco. Había un sobre parecido al que había hallado en la taquilla de la estación. Estaba debajo de unos apuntes pero se podía leer una palabra escrita en mayúsculas.

«Adam».

Peter tomó el sobre esperanzado. Después, la frustración pudo con él y lo tiró al suelo, sin siquiera abrirlo.

«Jeniffer Adams» era el nombre completo escrito en el sobre.

Así no acabaría nunca. Y lo que era peor, probablemente ni siquiera seguía la pista correcta. Estuvo a punto de rendirse y volver a casa, pero el recuerdo de Susan se lo impidió. Peter se sentó en las gradas y miró al frente. La pared del fondo se extendía de lado a lado como una gran cuadrícula. Peter dio una ojeada a su papel y volvió a mirar a la pared. De repente lo comprendió. La solución estaba justo frente a él.

Capítulo 30

Peter estuvo a punto de tropezar mientras bajaba las escaleras del aula a toda velocidad. Cuando veinte minutos antes examinó la mesa del profesor, no había prestado atención a la gran matriz que formaban las cámaras frigoríficas empotradas en la pared. De cualquier forma, se tendría que haber acercado mucho para poder leer la pequeña chapa numerada y adosada a cada cámara. Además, no fue hasta un poco después cuando pensó en localizar un punto concreto en la sala, con aquellos tres números sobrantes. Aun así, debería haberlo descubierto antes.

Había doscientas cámaras, pero Peter encontró fácilmente la que estaba marcada con el número ciento treinta y siete. Estaba situada a un lado de la sala, en el extremo opuesto a la salida de emergencia. Se trataba de un lugar muy accesible en la segunda fila, a la altura aproximada de la rodilla.

Solo había un problema. Las cámaras estaban cerradas con llave y Peter no quería llamar al vigilante para averiguar su contenido. No sabía qué podría encontrar allí dentro pero quería hacerlo a solas. Peter estudió la cerradura y comprobó que había una serie de muescas sobre ella. Cuatro líneas finas y simétricas se marcaban en la superficie metálica, como si alguien hubiese intentado forzarla sin éxito. Se acercó a una mesa de autopsias y extrajo un estilete afilado de un cajón lateral. Aplicó el filo sobre la cerradura y presionó con fuerza. La hoja metálica se deslizó sobre la cerradura y produjo una nueva muesca junto a las otras cuatro, guardando una curiosa simetría. Todas eran prácticamente iguales en cuanto a tamaño, forma y disposición.

Peter obvió la coincidencia y realizó una nueva intentona. Esta vez el estilete no se escurrió y la cerradura cedió. Peter abrió la cámara y se extrañó al comprobar la facilidad con la que se deslizaba hacia fuera. Dentro había un cuerpo cubierto con una sábana mortuoria y una etiqueta identificativa. No había nada más a la vista. Peter leyó la etiqueta y se extrañó al comprobar que solo figuraba la fecha de entrada del cuerpo, pero no el nombre del difunto.

El cuerpo había entrado en el depósito el veinte de diciembre, la misma fecha indicada por la secuencia de números. Retiró la sábana y contempló el cadáver asqueado. Peter se estremeció ante la horrible visión. Su rostro estaba desfigurado y amoratado, y el cráneo presentaba una hendidura mortal de necesidad. Una cicatriz negra con la forma del infinito aparecía grabada sobre el hombre derecho.

No había duda. Se trataba de Adam Day.

Peter dio un paso atrás y se santiguó. Después trató de calmarse y analizar la situación con frialdad. Según la fecha de la etiqueta, Adam había fallecido el veinte de diciembre, un día antes de la muerte de Anna Newman. ¿Entonces, quién había matado a la joven estudiante?

Peter oyó un ruido en la parte superior del aula. De repente, las luces se apagaron sumiéndolo todo en la oscuridad. Al girarse, logró entrever una figura alta que se movía cerca del interruptor de la luz. Peter se quedó quieto tratando de captar algún movimiento o sonido proveniente de las gradas, mientras sus ojos se iban acostumbrando a la negrura. En vez de eso escuchó un ruido en el extremo opuesto del aula. Alguien había entrado en la sala por la salida de emergencias. Un sonido metálico se acercaba lentamente desde esa dirección.

Al principio no logró identificarlo. Pero después de unos segundos, la sombra de una figura se perfiló en su exiguo campo de visión, y entonces supo dónde lo había escuchado antes.

Peter se santiguó de nuevo.

Capítulo 31

—Por favor, Michael, dime que no tienes nada que ver con todo esto —dijo Peter con voz temblorosa.

El padre Michael O'Brian avanzaba despacio por la sala, impulsado en su silla de ruedas eléctrica. Su aspecto había empeorado drásticamente desde la última vez que se vieron.

—Debiste aceptar el regalo y dejar las cosas como estaban, Peter —dijo O'Brian con voz apagada.

—¿De qué regalo me hablas?

—Del olvido, Peter, del regalo de Dios.

—¿A qué te refieres? Ya estoy cansado de juegos.

—No seas infantil, no se trata de ningún juego. Estamos hablando de algo mucho más importante, Peter. Se trata de una guerra, una batalla que se viene librando desde hace siglos, la única que en verdad importa. La guerra entre el bien y el mal.

Peter no entendía una sola palabra. Parecía como si el padre O'Brian hubiese perdido el juicio.

—Contéstame, Michael. ¿Mataste tú a Anna Newman y a los demás? Por Dios, ¿mataste a Susan?

—Mírame, Peter. —O'Brian hizo una pausa y tosió. Le costaba respirar—. ¿Me crees capaz de matar a alguien en mi estado? No podría acabar ni con una mosca aunque quisiera.

Un nuevo ataque de tos le hizo doblarse en su silla. Peter estuvo tentado de acercarse a ayudarle, pero se quedó quieto donde estaba.

—Los generales dan las órdenes, Peter, y los soldados las ejecutan —acabó diciendo O'Brian con una sonrisa.

Peter oyó unos pasos bajando por las escaleras. Se trataba de la misma persona que había apagado las luces de la sala. Al aproximarse, Peter reconoció en la penumbra la corpulenta figura de Marta Miller, la asistente personal del rector O'Brian. El soldado ejecutor del general O'Brian.

—Aunque no todo sale según lo planeado —dijo O'Brian con un poso de tristeza—. Y en todas las guerras hay víctimas colaterales.

—Basta, Michael —dijo Peter desesperado—. Por favor, necesito saber qué ha ocurrido.

El padre O'Brian se acercó en su silla de ruedas y le tomó la mano con fuerza. Sus dedos eran como alambres recubiertos de pellejo. Parecía la garra de la muerte.

—Antes de que empiece, debes recordar bien lo siguiente Peter: Adam Day era el diablo. Y el diablo debe perecer —dijo escupiendo sobre el cadáver de Adam. Los ojos de O'Brian brillaban enfebrecidos.

Peter le escuchaba atónito, sin poder reaccionar.

—Pero el señor, en su infinita sabiduría, nos dio la fuerza para luchar contra el maligno —continuó el rector—. Es cierto que al principio fue duro. El diablo es astuto, sabe tentarnos y golpear donde más nos duele.

—¿De qué estás hablando, Michael? —dijo Peter con un hilo de voz.

—A ti te tentó y pareció vencerte, Peter. Utilizó tu pequeña debilidad para derrotarte y humillarnos a todos.

«Tu pequeña debilidad». Aquellas tres palabras cayeron como un jarro de agua helada sobre Peter.

El padre O'Brian había empleado aquella misma expresión hacía veinticinco años para referirse a las preferencias sexuales de Peter. De joven nunca se había visto atraído por las mujeres, pero no le había dado demasiada importancia. Al entrar en la universidad, fue plenamente consciente de su homosexualidad, aunque apenas tuvo un par de experiencias fugaces con otros chicos del campus. Incluso creyó haberse enamorado del propio rector O'Brian. Estaba seguro de que eso había motivado que Marta Miller le odiase y le temiese como a un rival, pues estaba seguro de que ella también había estado enamorada de O'Brian. Pero poco después, siguiendo el consejo del propio rector, había decidido unirse a Dios y cualquier aspecto relacionado con su sexualidad quedó circunscrito a un segundo plano.

—¿Qué estás insinuando, Michael? —preguntó Peter con voz trémula.

—Estoy diciendo la simple y pura verdad. Adam Day te tentó, vertió bellas y corruptas palabras en tus oídos, y volvió a despertar en ti un sentimiento olvidado, muerto. Te sedujo con mentiras y promesas cuando su único objetivo era utilizarte y humillarte. Era el diablo.

—¿Cómo lo sabes? ¿Cómo sé que no estás loco o enfermo?

—Tú mismo me lo contaste, Peter. Pero hay más pruebas. Me consta que encontraste las fotos en la taquilla de la estación. Ya sabes que solo se ve una parte. —O'Brian miró a Marta y esta asintió. Debían haber estado siguiéndole.

El padre O'Brian sacó un sobre de su chaqueta y se lo tendió. Peter lo abrió con manos temblorosas y se estremeció al comprobar el contenido. Eran las mismas fotos que había visto anteriormente, pero esta vez estaban completas. Peter estaba desnudo con los ojos cerrados, tendido en la cama junto a Adam. El joven tenía los ojos abiertos y sonreía enigmáticamente.

—Tú te abriste a él de corazón, Peter. Te entregaste completamente y sin reservas por lo que tú creías amor, y él te traicionó —dijo O'Brian con la voz cargada de odio—. Aún recuerdo el día en el que me contaste que ibas a abandonar la Iglesia para marcharte con Adam. No lo podía creer. Estaba en juego algo más que tu propia felicidad. Estaba en juego la credibilidad de nuestra institución.

Peter le miró con ojos llorosos y comprendió. Seguía sin recordar lo que había ocurrido, pero tenía la absoluta certeza de que O'Brian estaba diciendo la verdad.

—Pero él abusó de tu confianza y te utilizó —siguió el rector—. Primero te engatusó con sus juegos y triquiñuelas, citándote con aquellas notas enigmáticas y deslumbrándote con sus argucias.

Así que el sistema de coordenadas y fechas no había sido otra cosa que un juego... Un método utilizado por Adam para citarse en secreto y mantener la intriga y el misterio.

—Y después, cuando ya estabas en sus garras, te traicionó y realizó estas... —La voz de O'Brian temblaba y tuvo que parar un instante para recuperar el aliento—. Estas fotos repugnantes, prueba de su bajeza. Ese engendro de Satanás te amenazó con difundirlas si no le pagabas una cantidad exorbitante de dinero en un plazo irrisorio de tiempo. Te puso contra la espada y la pared. Nos puso contra la espada y la pared.

O'Brian tenía razón. «¿Qué hubiera ocurrido si de repente una de las caras visibles y más reputadas de la Iglesia hubiese aparecido en unas fotos de dormitorio con su joven amante homosexual?», pensó Peter. Se hubiese producido una gran convulsión mediática y un daño enorme a la imagen de la Iglesia, que habría costado muchísimo tiempo reparar. Por eso O'Brian había decidido acabar con la vida de Adam Day, para salvarle a él y a la Iglesia.

—Pero eso no justificaba que le matases, Michael. Podríamos haber encontrado otra salida —adujo Peter.

—¿Qué le matase? —El rector O'Brian volvió a toser y una mancha roja apareció en la comisura de sus labios—. Eso es lo que debí haber hecho. Pero no fui lo suficientemente valiente ni supe enfrentarme al problema.

Peter le miró sin comprender.

—Adam Day era un instrumento del diablo, hijo mío —continuó el padre O'Brian—. Por eso hiciste muy bien en matarle. Acabar con el enviado de Satán en la tierra ha sido tu acción más valiosa en esta guerra.

Peter abrió los ojos y negó repetidamente con la cabeza. No podía ser, no tenía sentido. Él no era capaz de matar a nadie.

—¡No te creo! —gritó.

—Lo siento, Peter, debí haberlo hecho yo por ti. —Una lágrima resbaló por el rostro del padre O'Brian—. Pero tu acción me dio fuerza y valor para afrontar todo lo que vino después. Esa misma noche, el veinte de diciembre, viniste a mi casa y me contaste lo que había sucedido. Satán, en boca de Adam, te había amenazado con entregar aquellas fotos a la prensa. Me dijiste que te sentiste tan traicionado, tan dolido, que un oleada de rabia como no habías sentido nunca se apoderó de ti.

Peter seguía sin recordar. No quería creer lo que estaba escuchando, pero sabía en su interior que O'Brian decía la verdad.

—Entonces cogiste un cenicero de plomo de una mesilla y le golpeaste la cabeza hasta matarlo. —O'Brian señaló el cadáver para reforzar sus palabras.

Peter miró el rostro desfigurado de Adam como si estuviese hipnotizado.

—Tu intención era entregarte a la policía —siguió diciendo O'Brian—, pero Marta y yo logramos convencerte de que no te precipitases. Marta te administró un potente sedante y después nos encargamos del resto. Limpiamos el lugar de los hechos, ese horrible piso de Birmingham, y trajimos aquí al cadáver a la espera de deshacernos de él. Marta sigue siendo la administradora de la morgue, así que eso no representó ningún problema. Si aún no nos hemos desembarazado del cuerpo es porque estábamos esperando a que pasase todo el revuelo. Aquí no tenemos crematorio y trasladar un cadáver no es tarea sencilla —dijo con un brillo de orgullo y locura en los ojos.

Peter escuchaba la explicación como si estuviese en un plano abstracto. Entendía las palabras, comprendía el significado y creía lo que oía, pero se sentía etéreo y fuera de lugar.

Solo la necesidad de conocer el resto de la historia le impulsó a hablar.

—¿Y qué ocurrió con Anna Newman? —consiguió decir a duras penas.

—Como te dije antes, Peter, en todas las guerras siempre hay daños colaterales. Yo también la apreciaba mucho, pero la pobre chica estuvo en el lugar equivocado, en el momento equivocado. Es una mártir más en esta lucha.

—¿Qué le hicisteis? —preguntó mareado.

—Anna averiguó lo que tramaba Adam —dijo O'Brian—. Ella frecuentaba mucho tu compañía y debió escuchar o ver algo que la alertó. Entonces escribió esa nota con la intención de disuadirle de su propósito, pero Adam no le hizo caso. Como ya te he dicho, después de que mataras a Adam, Marta te administró un potente calmante pero no quiso ponerte en peligro y empleó una cantidad menor de la que debió. Cuando volvimos a casa, te habías despertado y te habías marchado. Conseguí hablar contigo por teléfono y, al intentar tranquilizarte, cometí el error de contarte dónde habíamos ocultado el cadáver de Adam. Incluso te di el número exacto de la cámara del depósito.

Una tos seca interrumpió la explicación del padre O'Brian.

Peter miró su agenda, comprendiendo lo que había ocurrido. Por eso había escrito las coordenadas de la morgue precedidas del número de la cámara frigorífica en su libreta. La fecha que acompañaba a las coordenadas era la del veinte de diciembre, el día en el que había asesinado a Adam.

Peter era incapaz de articular palabra.

—Después supimos que habías hablado con Anna y que le

habías contado parte de la historia —continuó O'Brian—. Ella no fue directamente a la policía porque te apreciaba y te quería ayudar, pero sabía demasiado. Cuando supimos que habías quedado con ella en el parque la noche del veintiuno de diciembre, nos anticipamos a ti. No podíamos permitir que hablase con la policía.

—¿Fuisteis capaces de violarla... y después la matasteis? —Peter le miró horrorizado.

—No somos asesinos sádicos, somos soldados de Dios —replicó O'Brian con indignación—. Marta hizo un excelente trabajo. Créeme, Anna no sufrió, y si te sirve de consuelo, rezo cada noche por su alma. La violación fue una escenificación *post mortem*. Utilizamos un fórceps vaginal para introducir semen que extrajimos de Adam, pero no en cantidad suficiente. El objetivo era que Adam apareciese como auténtico sospechoso y culpable, pero la policía no tenía su huella genética y decidimos que lo mejor sería que la investigación siguiese su curso. Al menos sirvió para que tú quedases libre de toda sospecha.

—Dios, estáis locos —dijo Peter conmocionado. Su cerebro se había aislado y había empezado a trabajar—. Fuisteis vosotros los que esa noche comprasteis un billete de tren a Londres con la tarjeta de crédito de Adam.

—Era necesario —replicó O'Brian.

Peter recordó la conversación con el joven revisor de la estación.

—Eras tú. Tú eras el hombre misterioso al que el revisor ayudó a subir al tren esa noche. El anciano que no podía subir los escalones —le acusó Peter.

—Sí, reconozco que fue un movimiento arriesgado. Pero constituiría otra prueba de que Adam estaba implicado en el asunto. Era necesario utilizar el billete para aparecer en la lista de viajeros confirmados, pero no imaginé que habría tan poca gente en aquel vagón. Cuando me di cuenta ya era demasiado tarde, y solo pude cubrirme lo mejor que pude con un sombrero y un periódico. —O'Brian sonrió al recordar—. En cuanto llegamos a la siguiente estación, me apeé del tren sin que nadie me viera y volví aquí con Marta.

—¿Y las fotos? ¿Por qué guardasteis las fotos en aquella taquilla de la estación?

—¿Qué ves en las fotos Peter? Solo a un joven universitario

tumbado y desnudo en una cama. La otra mitad está desaparecida. Sería fácil pensar que en esa mitad perdida podría haber una joven preciosa... ¿Anna Newman?

Peter comprendió a dónde quería llegar.

—La historia quedaría redonda —continuó el padre O'Brian—. Los jóvenes eran amantes, pero el chico buscaba algo más, iba a hacerle chantaje con aquellas fotos a cambio de dinero. Ella se dio cuenta y le envió una nota en la que le amenazaba con acudir a la policía. Hubo una disputa en el parque y él la violó y la mató. Adam habría huido y nadie le encontraría jamás. Fin de la historia. Además dejamos una llave de la taquilla de la estación en el llavero de Adam, y en caso de que lo necesitásemos dejaríamos alguna otra prueba que apuntase a las taquillas, pero tú te anticipaste.

—Estás enfermo —dijo Peter horrorizado.

—Cierto, Peter, estoy muy enfermo. Pero no como tú crees. Tú has hecho que mis últimos días en este mundo tengan sentido. Los has llenado de luz y de fe. Te has llevado la espera vacía y las dudas —dijo con una sonrisa sincera—. He trabajado más duro que nunca, y si no llega a ser por un pequeño malentendido, todo habría salido a la perfección.

—¿Malentendido? —Peter estaba asqueado pero su curiosidad le traicionó.

—Un simple y sencillo malentendido. Aquel estúpido de Francis Mason cogió el libro equivocado. El mismo libro en el que dejamos la nota en la que Anna amenazaba a Adam. La policía pensó que la nota iba dirigida a Francis y comenzó a seguir un rastro falso. Si no, habrían encontrado la nota que apuntaba directamente a Adam Day. Habrían registrado su habitación y habrían dado con el piso de Birmingham y el cuchillo con el que se cometió el crimen. Por supuesto, con las huellas dactilares de Adam y la sangre de Anna.

Peter no tuvo más remedio que reconocer que era un plan sin fisuras. Así, no habría habido ninguna duda. Adam Day habría cargado con el crimen y nadie habría podido encontrarle nunca.

—Tampoco contamos con tu inesperada participación, Peter. Nos has dado muchos quebraderos de cabeza. Le contaste al padre Black la historia de tu amnesia y tus posteriores descubrimientos, y este no tardó ni diez minutos en delatarte a la policía —dijo

O'Brian.

—¿Entonces el padre Black no está implicado?

—No en este asunto. De todas formas, Black tiene sus propios problemas que le van a arrastrar muy al fondo. Solo espero que logremos mitigar los daños.

Peter había estado convencido desde el principio de que el padre Black estaba implicado. La mención de su nombre en el vídeo, su actitud y su relación con Anna Newman así se lo habían hecho creer. Pero nada ni nadie parecían ser lo que aparentaban.

Peter pensó en lo que acababa de decir el padre O'Brian hacía unos instantes y recordó la conversación mantenida con Francis Mason, otra de las víctimas «colaterales» de O'Brian.

—Hay una cosa que no logro comprender. ¿Por qué matasteis a Francis Mason? No tuvo culpa de nada y no era necesario acabar con él.

—Eres un ingenuo, Peter. Iba a hablar con la policía, tú mismo le mandaste. Sabía mucho más de lo que te había dicho a ti. Sabía que Adam Day tenía un piso con un nombre falso y también sabía con quién se veía allí. Contigo.

—Pero él no me dijo nada de eso. Y parecía sincero.

—¿Qué querías que hiciese, que te diese las gracias por robarle a su novio? Ese sodomita era mucho más retorcido. Pretendía venderte a la policía y servirse fría su venganza.

—¿Cómo lo sabes?

—Marta se encargó de averiguarlo antes de... deshacerse del problema.

Peter miró a Marta y se estremeció. La mujer le sostuvo la mirada sin mostrar la más ligera señal de arrepentimiento o culpa. Era una fanática. Un soldado de Dios en las manos de un general loco. Y por sus condiciones y aptitudes físicas, un soldado efectivo y certero. Peter creyó entrever la culata de un arma bajo la chaqueta de la mujer.

—¿Fuiste tú quien me disparó en la habitación de Adam? —le preguntó directamente a Marta.

—Te estabas acercando demasiado. No tenía intención de hacerte daño, si hubiese querido matarte ya no estarías con nosotros —dijo con total tranquilidad—. Solo pretendía asustarte.

—¿Y Susan, también se estaba acercando demasiado? —espetó Peter con rabia.

El padre O'Brian agachó la cabeza y guardó silencio.

—Vamos, Michael, ella también fue alumna tuya. ¿No lo recuerdas? —insistió Peter.

—Susan había llegado demasiado lejos —intervino Marta—. Supo dirigir sus pasos hacia aquí, no sé cómo, pero averiguó que había algo importante en el depósito de cadáveres.

Peter recordó la declaración grabada del padre Black. Susan le había interrogado acerca de Adam Day y Black le había dicho que no era la única en preguntar por él. También lo habían hecho Marta Miller y el profesor Lommon. Todas las miradas se habían centrado en el profesor, puesto que había sido uno de los primeros sospechosos del asesinato de Anna Newman. Nadie había pensado que Marta Miller, la abnegada secretaria, asistente personal y cuidadora de un enfermo terminal, pudiese estar relacionada con algo tan turbio, ni siquiera por el hecho de que ella siguiese ejerciendo pleno dominio sobre el depósito de cadáveres, lugar en el que había aparecido el coche de Susan Polansky. La propia Susan era la única que lo había descubierto y había pagado por ello con su vida.

—Vino aquí y me interrogó durante media hora —continuó Marta—. Me puso contra las cuerdas. Tuve que aprovechar un descuido para abalanzarme sobre ella.

Aquella horrible mujer hablaba con una normalidad pasmosa, como si estuviese explicando una receta de cocina. Peter deseó con todas sus fuerzas lanzarse a su cuello y estrangularla.

—Si te sirve de consuelo, se defendió hasta el final. —Marta se subió la manga de la camisa y le mostró una venda que le cubría el antebrazo. Tenía manchas de sangre.

—Como te he dicho, en todas las guerras hay víctimas civiles —intervino el padre O'Brian sin levantar la mirada—. No sabes lo que he sufrido por ella y por la vida que llevaba dentro, pero no dudaría en volver a hacerlo si fuese necesario. Nuestra causa es mucho más importante que todos nosotros.

—Estáis completamente locos. Habéis matado a cuatro personas y les habéis marcado ese repugnante símbolo como si fuesen vuestros trofeos.

El padre O'Brian pareció turbado y una sombra de duda cruzó el rostro de Marta.

—Nosotros no hemos tenido nada que ver en eso. Ni siquiera sabíamos que los demás cadáveres también tenían ese dibujo

—dijo O'Brian pensativo.

—No os creo, sois unos sádicos dementes. ¿Y ahora qué, soy yo vuestra próxima víctima?

—¿Es que no has comprendido nada Peter? —dijo con rabia el padre O'Brian—. Todo esto lo hemos hecho por ti, por lo que representas. Esta es una guerra sucia. No podemos hacer concesiones, no podemos ser débiles ni cautos, puesto que el diablo no lo es. Tú me lo has enseñado. Esta es tu obra.

—¡Deja de decir eso! ¡Soy indigno, no merezco vivir! —gritó Peter entre sollozos—. He matado a una persona y pesa sobre mi conciencia la muerte de otras cuatro. Debí haber muerto en aquella habitación.

—No, Peter. ¿No te das cuenta? Tú mismo lo has dicho. Deberías haber muerto pero sigues aquí para continuar con su obra. Dios te salvó en aquella bañera y después te otorgó el don del olvido para que pudieses vivir de nuevo bajo su luz. Te redimió en la Tierra y te dio una segunda oportunidad. Sé digno de él. Levántate y lucha en esta batalla a su lado como ya lo hiciste en el pasado.

—Voy a ir a la policía, Michael. Les voy a contar todo lo que ha sucedido y afrontaré mi parte de culpa —dijo con determinación.

—No, Peter, no puedes hacer eso. Hay demasiadas cosas en juego.

—Lo siento, Michael. Prefiero morir.

El padre Michael O'Brian le tomó la mano y se la besó. Una lágrima bajó por su rostro marchito.

—Eres un hijo para mí, Peter, no me hagas esto —le rogó O'Brian.

—No hay vuelta atrás.

—Padre, deme la orden. —Marta se acercó a él y sacó el revólver de la chaqueta. En la otra mano llevaba una navaja muy afilada.

—Mátale —dijo entre sollozos el padre O'Brian.

—En el nombre de Dios —dijo Marta con tono neutro mientras se abalanzaba hacia Peter con la navaja en alto.

Una rabia inmensa bullía en el interior de Peter.

—Anna Newman, Francis Mason, Susan Polansky —dijo en voz baja con los dientes apretados.

Peter había supuesto que Marta emplearía el cuchillo. El

guardia de seguridad estaba en su puesto y habría acudido inmediatamente al oír un disparo. Así que cuando la mujer se precipitó sobre él, se hizo a un lado y empujó la silla de ruedas de O'Brian entre ambos.

Marta era muy rápida de reflejos y consiguió evitar parcialmente el choque. La mujer se incorporó dispuesta a clavarle el cuchillo, pero la silla se desestabilizó y el padre O'Brian cayó al suelo como un fardo.

Marta reaccionó instintivamente como lo había hecho tantas veces en los últimos años. Tenía que proteger a la luz que alumbraba su pobre existencia. La mujer se agachó rápidamente y consiguió amortiguar el golpe del padre O'Brian contra el suelo, pero dejó su espalda expuesta unos segundos.

Peter llevaba el estilete con el que había forzado la cerradura en el bolsillo de su pantalón. Al ver a Marta encorvada sobre el padre O'Brian, se lanzó hacia delante y se lo clavó en la espalda, a la altura del corazón.

—Anna Newman, Francis Mason, Susan Polansky —repitió esta vez más alto.

La mujer emitió un ligero quejido y se dio la vuelta. Tenía los ojos desorbitados y un borbotón de sangre emergió de su boca. A pesar de la herida, todavía fue capaz de dar un paso hacia él con el cuchillo en alto, antes de caer a sus pies, muerta.

—¡Peter! —Michael O'Brian yacía en el suelo, en una postura inverosímil, como si fuese un feto con malformaciones—. Aún estamos a tiempo, hijo mío, ayúdame y podremos deshacernos de su cadáver. Nadie se enterará de nada —dijo con voz debilitada, señalando el cuerpo tendido de Marta.

Un hilillo de sangre brotó de la comisura de sus labios.

Peter le miró un instante y se dio la vuelta.

—¡Peter, no me dejes aquí! —gimoteó O'Brian a su espalda.

Peter se encaminó hacia la salida de emergencia sin mirar atrás. Al abrir la puerta le golpeó una ráfaga de lluvia helada. Llovía a mares.

—¡Peter! —Un grito desgarrador sonó a sus espaldas, y su eco reverberó hasta que la puerta metálica se cerró silenciosa tras él.

Peter se internó en la cortina de agua. Las lágrimas que bajaban por sus mejillas se perdían mezcladas con la lluvia.

—Anna Newman, Francis Mason, Susan Polansky —El murmullo se escuchó en la oscuridad, amortiguado por el repiqueteo del agua tamborileando en el callejón.

Capítulo 32

Allí había comenzado todo y allí iba a acabar.

Peter entró en la habitación y miró a su alrededor. Todo estaba exactamente igual que en la última ocasión en la que había pisado aquel suelo maldito. El televisor de plasma destacaba sobre una mesa barata y la cámara de vídeo colgaba en una esquina de la estancia. Estaba apagada.

Peter cerró la puerta con llave y guardó el llavero en la mesilla del dormitorio, junto con un sobre cerrado. El sobre contenía una carta aclaratoria en la que explicaba todo lo ocurrido en los últimos ocho días. No dejaba ni un solo detalle. No simplificaba ni dulcificaba la redacción de los hechos; quería que se supiese punto por punto lo que había sucedido. Él quedaría como el amante homosexual y asesino de Adam Day, pero poco le importaba el recuerdo que dejase en este mundo. El padre O'Brian y Marta Miller serían descubiertos como los autores de los otros cuatro asesinatos.

La policía encontraría la carta rápidamente y se enteraría de lo sucedido. El efecto que aquel escándalo tendría sobre la Iglesia sería comparable a la detonación de una bomba en una cristalería. En un primer momento había pensado entregarse, pero la idea de seguir viviendo después de lo que había ocurrido se le antojaba un castigo insoportable.

Peter comenzó a pasear por la habitación, recordando los terribles acontecimientos de los últimos días. En una mano portaba su agenda roja. En la otra, el estilete que había cogido en la morgue, el mismo que había empleado para matar a Marta Miller. El recuerdo de la sangre de la mujer, saliendo a borbotones por la espalda, le hizo estremecerse y le provocó una arcada.

Ya no podía soportarlo más.

Peter cruzó la estancia y entró decidido en el baño. El agua

171

turbia seguía cubriendo la bañera y el ambiente estaba muy cargado. Sin pensárselo dos veces, dejó la libreta sobre el borde de la bañera y se metió en el agua completamente vestido. El contacto con el líquido tibio fue sorprendentemente agradable.

Peter se santiguó mientras una lágrima rodaba mejilla abajo. Era la única salida. Apoyó el estilete sobre su muñeca izquierda e hizo presión hasta que la fina hoja metálica traspasó la carne y seccionó las venas. Durante un instante, sintió un dolor lacerante, pero remitió igual de rápido que había llegado. Después repitió la misma operación sobre la otra muñeca. El agua turbia se fue oscureciendo aún más a medida que se mezclaba con su sangre.

Peter cerró los ojos y comenzó a rezar en voz baja mientras sentía que las fuerzas comenzaban a abandonarle. Estaba cometiendo el acto más impío que podía llevar a cabo un creyente, agravado por el hecho de que él era sacerdote, un pastor de Dios en la tierra.

Era su segundo suicidio en ocho días.

«Ocho días».

Un resorte se movió en su interior y Peter abrió los ojos. Frente a él, en la esquina de la habitación, podía ver la cámara de vídeo. No era posible; la cámara le estaba enfocando y una luz verde parpadeaba bajo el objetivo. Estaba grabando.

Peter levantó el brazo con dificultad y señaló hacia la cámara con incredulidad. Estaba seguro de que al entrar en la habitación la cámara enfocaba en otra dirección y además estaba apagada.

No era posible. Aquella situación ya la había vivido antes, pero desde el otro lado. Peter se había contemplado a sí mismo en aquella bañera hacía ocho días cortándose las venas.

—¡Es una trampa! —gritó horrorizado.

Al oír aquella frase de sus labios una chispa de reconocimiento brilló en sus ojos febriles. También había pronunciado aquellas mismas palabras hacía ocho días.

Peter tomó la libreta roja, que reposaba en el brazo de la bañera y comenzó a pasar las hojas como si estuviese poseído.

No podía ser. Era imposible.

Todas las anotaciones que había hecho desde que comenzase la investigación habían desaparecido, se habían borrado de la agenda. Lo único que quedaba era el símbolo del infinito destacando sobre el fondo blanco de las páginas. Todo lo demás, los datos recopilados sobre Anna Newman, Francis Mason y Adam Day se habían ido como por arte de magia. Las más de cuatro hojas con información sobre Julius Black se habían esfumado sin más. Todo este tiempo persiguiendo al padre Black y creyéndole culpable cuando en realidad no había tenido nada que ver con los asesinatos.

—Black —dijo en voz alta mientras farfullaba incoherentemente.

Entonces Peter se fijó en las heridas de sus brazos y el horror más absoluto le atenazó. Tenía seis cortes en cada muñeca. Cuando ocho días atrás se despertó en aquella misma habitación, solo tenía cinco cortes. En aquel momento, le había extrañado que con una sola incisión se hubiese provocado cinco heridas distintas. Ahora ya sabía el motivo. Se estaba repitiendo exactamente la misma escena que él había visto en vídeo.

¿Y qué había ocurrido cuando le dispararon en la habitación de Adam Day? Peter encontró cinco muescas prácticamente iguales sobre el mueble, producidas por impacto de bala, cuando en realidad solo le habían disparado una vez.

Y había sucedido lo mismo cuando intentó forzar la cerradura de la cámara frigorífica en la que descansaba el cadáver de Adam Day. Había encontrado cinco marcas exactamente iguales muy juntas sobre el metal. Cinco, aunque él solo había raspado la cerradura una vez.

Peter miró el símbolo del infinito horrorizado. Hasta entonces había pensado erróneamente que se trataba de la marca de un asesino psicópata. La forma de decir que en un ciclo de tiempo volvería a matar.

Pero no se trataba de eso. Ese símbolo maldito representaba algo mucho más profundo y horrible. Era la señal de un castigo cíclico y eterno.

Peter había sido castigado ya en cinco ocasiones reviviendo aquella misma pesadilla. Cinco veces se había despertado amnésico en aquella habitación y cinco veces había investigado la misma trama. Cinco veces había sufrido viendo morir a sus seres queridos y averiguando que él era el único responsable de aquello.

Y ahora todo comenzaba de nuevo. Todo lo que le había ocurrido esa tarde desde que había entrado en la habitación era lo mismo que había visto en el vídeo hacía ocho días. La vista comenzaba a nublársele y le costaba respirar, pero Peter recordó la grabación con total claridad.

Primero se había visto a sí mismo guardar aquel sobre con la carta y las llaves en un cajón. Después se había visto pasear nervioso por la habitación con su agenda roja y un objeto metálico que al principio no reconoció; el estilete quirúrgico con el que había matado a Marta Miller. Más tarde había visto cómo se introducía en la bañera y se cortaba las venas. Fue justo en ese momento cuando se dio cuenta de que la cámara de vídeo estaba encendida y comenzó a comprender.

Fue entonces cuando gritó desesperado: «¡Es una trampa!».

Pero no era la clase de trampa que en principio había creído. Era mucho peor, se trataba de una trampa urdida por una fuerza que escapaba a la compresión humana.

Después, al igual que él mismo había hecho hacía un instante, el Peter del televisor se había dado cuenta de que el padre Black no tenía nada que ver en todo aquello y había pronunciado su nombre incrédulo. Por eso había pensado que el reverendo Black estaba implicado en la trama.

¿Pero quién estaba detrás de todo aquello? Por más que se devanaba los sesos solo se le ocurría una respuesta posible, pero era demasiado horrenda.

Solo Dios podía imponerle un castigo semejante.

Él había cometido un terrible crimen, eso no podía negarlo, pero aquel castigo era infinitamente desproporcionado. ¿Esa era la misericordia del Señor? ¿Ese era el perdón que Dios ofrecía por años de abnegado y fiel servicio?

Peter se rebeló contra su destino y sacó fuerzas de flaqueza. Sus ojos comenzaban a nublarse y sus manos apenas le respondían. Sin embargo, sostuvo la agenda en un equilibrio imposible y comenzó a escribir sobre ella.

«Yo, Peter Jessy Syfo, maté a Adam Day».

Aquella frase constituiría un aviso para el próximo ciclo. Al menos sabría desde el principio lo que había sucedido y no sería una simple marioneta en aquella venganza divina. Pero al terminar de escribir la última letra, la primera palabra de la frase ya había desaparecido.

Peter gritó desesperado. Estaba exhausto y la libreta cayó al suelo en medio de un charco de sangre y agua. Trató de recuperarla en un último intento, pero las fuerzas le fallaron y se golpeó la frente contra el borde de la bañera.

En ese momento, el tiempo se paró para Peter. No controlaba su cuerpo, pero era plenamente consciente de todo lo que ocurría a su alrededor. Cada segundo parecía eterno mientras notaba cómo su cuerpo se deslizaba a cámara lenta por la bañera.

Nunca antes se había sentido tan lúcido, era como si pudiese comprender el sentido de todas las cosas con absoluta claridad. De repente, el oscuro velo que hasta ahora había tapado su memoria se corrió de un plumazo. Todo lo que había ocurrido en esos cuatro meses pasó por delante de sus ojos como si se tratase de una película.

Peter recordó cómo había conocido a Adam Day una tarde cálida de verano y cómo se había sentido atraído por aquel joven fascinante. Al principio había tratado de ocultar e incluso rechazar sus sentimientos, pero estos se atrincheraron y se hicieron fuertes, y al final no tuvo otro remedio que afrontar la situación. Se había enamorado y estaba dispuesto a llevar su amor hasta las últimas consecuencias: iba a colgar los hábitos para iniciar una nueva vida con Adam. Pero después la realidad le golpeó con dureza. Adam Day solo había querido chantajearle y sacarle dinero, igual que había hecho antes con muchos otros.

Peter se había sentido tan traicionado, que en un arranque de rabia había cogido un cenicero y había golpeado a Adam hasta matarlo en aquella misma habitación. Todo lo que le había contado O'Brian era cierto. Después, completamente desorientado, había acudido al rector en busca de ayuda y consuelo.

O'Brian le había escuchado atentamente y se había puesto al frente de la situación con una frialdad pasmosa. Parecía como si hubiese estado esperando aquel momento toda su vida.

Marta Miller le suministró un fuerte somnífero y Peter despertó mucho después en casa de O'Brian. Peter salió de allí aturdido y se dirigió de vuelta a casa. Pero en el camino Peter se encontró con Anna Newman y le contó parte de lo sucedido. Eso la condenó.

Anna trató de ayudarle, pero Peter, abrumado, regresó a la escena del crimen. Allí rezó a Dios durante horas y le pidió que le ayudase a expiar su culpa. Pero su ruego no fue escuchado. Así que Peter, desesperado y aturdido, se metió en la bañera y se cortó las venas por primera vez.

Pero en ese instante, todo se quedó a oscuras, y el tiempo, al igual que ocurría ahora, pareció detenerse. Dos círculos de fuego aparecieron en el aire y se fueron juntando hasta formar el odiado símbolo del infinito.

Al principio Peter pensó que estaba alucinado. No escuchó ninguna voz, ni siquiera un sonido, pero al poco tiempo sintió que una tremenda fuerza le juzgaba con frialdad. La sentencia fue sencilla y terrible: castigo eterno.

Peter no pudo apelar, no pudo explicarse, ni siquiera pudo suplicar. Una nube negra le envolvió y le arrastró a aquella cama, con las ropas mojadas. Al despertar, Peter tenía un único corte en las muñecas.

De eso habían pasado ya cinco ciclos, cinco castigos, cinco torturas.

El tiempo volvió a cobra vida y Peter sintió cómo su cuerpo se deslizaba por la bañera. Antes de perder el conocimiento, fue plenamente consciente de su destino eterno y de la enormidad del castigo impuesto, el castigo de Dios.

Después se hundió en el agua rojiza hasta desaparecer.

Epílogo

Peter abrió los ojos y se enfrentó a la oscuridad con una inquietante sensación de peligro. La cabeza le retumbaba y una gota caliente y espesa se deslizó por su frente hasta rozarle los labios. Se trataba de su propia sangre, que manaba de una herida abierta en la frente.

—¿Dónde estoy? —dijo en voz baja, solo para comprobar que aún podía hablar.

Peter se incorporó mareado y sus ojos se fueron adaptando a la oscuridad. Le dolían los antebrazos y al frotárselos descubrió asombrado cinco cicatrices alargadas que surcaban cada muñeca de lado a lado. Parecían muy recientes aunque no recordaba cómo se las había hecho. Toda su ropa, desde la camisa negra hasta los zapatos, estaba empapada.

Peter miró a su alrededor. Se encontraba tendido en la cama de una habitación desconocida aunque vagamente familiar. No sabía qué hacía allí ni se acordaba de cómo había llegado…

CGM

Otras Obras del Autor

Juego de alas - Volumen 1:

http://www.amazon.com/dp/B004G5Z2SA

La prisión de Black Rock. Volumen 1 - El alcaide (ebook):

http://www.amazon.com/dp/B0047GMEVG

Para contactar con el autor:

Envíale un correo a: cesar.garcia@arkadel21.com

CPSIA information can be obtained at www.ICGtesting.com
Printed in the USA
LVOW041458190312

273779LV00004B/144/P